이혁진

2016년 장편소설『누운 배』로 21회 한겨레문학상을 받으며
데뷔했다. 장편소설『누운 배』『사랑의 이해』가 있다.

KB109151

관리자들

관리자들

오늘의 젊은 작가 32

이혁진
장편소설

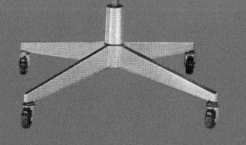

민음사

1

현경의 굴착기가 어둑한 현장 식당 앞에 멈춰 섰다. 색색깔의 노래방 조명이 창문에 비치고 최신 트로트가 새어 나오는 식당 안에서는 소장과 인부들이 회식을 하고 있었다. 죽은 선길의 건이 마무리된 것을 자축이라도 하듯, 선길이 데리고 왔던 개를 잡아서. 현경은 무정한 얼굴로 엔진 회전수를 끌어올렸다. 굴착기가 배기가스를 울컥이며 육중하게 진동했다. 바퀴 앞의 삽날이 올라갔고 랍스터 손 같은 철거용 집게가 안으로 접혔다. 현경은 클랙슨을 깊숙이 누르며 액셀을 지르밟았다. 코뿔소처럼 팔을 치켜세운 굴착기가 식당으로 폭주했다.

목 씨에게서 선길이 앞으로 새벽마다 멧돼지 보초를 서게 될지도 모른다는 이야기를 들었을 때 현경은 심드렁했다. 아무리 외딴 현장이라지만 한 달 넘게 형편없던 식당밥이 난데없는 멧돼지 때문이라는 것도, 그 멧돼지를 막겠다고 선길을 보초로 세운다는 것도 뭔 소린가 싶었다.

"빌어먹을, 괜히 깽판을 쳤어. 하도 밥이 밥 같잖아서, 이건 무조건 식당 여자가 해먹는 거다 싶어서 내 딴에는 엄포나 놓는다고 그랬던 건데." 목 씨가 입술을 질근거렸다. 배식을 받다 말고 식판을 내동댕이쳤던 어제 아침 일을 말하는 것이었다. 해도 너무한 것 아니냐며 목 씨는 식당 여자에게 호통을 쳤고 여자는 알지도 못하면서 무슨 행패냐고, 그게 다 멧돼지 때문이라고 핏대를 세웠다. 현경은 아침을 걸렀기 때문에 다른 인부에게 전해 들어서만 알고 있었다.

"정말 멧돼지가 그런 거긴 해요?"

"부식 비닐하우스가 걸레짝이 돼 있더라고. 안에도 아주 난장지랄판이 벌어져 있고. 그 여편네 아주 보란듯 뻔뻔하게 구는 꼴이 더 수상하긴 했는데, 어찌겠어. 그렇게 보여 주는데." 목 씨는 못마땅한 얼굴로 빈 땅을 찼다. "그냥 나 하나 창피 보면 끝나는 일인데 되먹잖은 윤 가 놈이 반장한테 괜히 속닥속닥, 소장도 골치 아플 테니까 이 기회에 도와주면서 한다리 척 걸쳐 보자느니 되지도 않는 소릴 해 가지고. 반장은 왜 또 거기에 홀랑 넘어가서는. 거, 얼마 전에 황 반장네가 뽑혀 나갔잖아, 소장 눈 밖에 나서. 아니, 아무리 그래도 그렇지. 어떻게 이 겨울에 멀쩡한 사람한테 밤새기 시킬 생각을 하냐고, 그것도 애까지 저런 사람을!"

"근데 선길 씨, 별로 안 좋게 생각한 거 아니셨어요?"

현경은 넌지시 물었다. 멧돼지도 멧돼지지만 목 씨의 태도에도 의아한 데가 있었다. 선길은 온 지 얼마 안 된 데다 작업 중에도 걸핏하면 전화기를 들고 사라지기 일쑤였다. 위험한 작업을 할 때는 어떻게든 빠지려 들었다. 괜히 얼굴 붉히기들 싫어 모두 은근히 따돌리기나 하던 중에 선길을 일일이 지적하고 혼냈던 사람이 목 씨였다.

"좋고 싫고 할 게 어딨어, 생초짠데. 사람이 왔으면 제대로 가르쳐 놓기부터 해야지. 조져도 가르쳐 놓을 건 다 가르쳐 놓고 해야 하는 거야. 쪼잔하게 뭐 하나 가르쳐 주지도 않으면서 뒤로들 욕이나 하고." 목 씨는 한심하다는듯 저편에서 둘러앉아 낄낄대고 있는 인부들을 눈짓했다. "싹수 없진 않았어. 한번 가르쳐 주면 같은 잘못은 안 했으니까. 자꾸 없어지고 험한 일은 어떻게든 안 하려 들어서 그렇지."

"그러니까 다들 그러는 거잖아요." 딱히 인부들을 편들어 주고 싶지는 않았지만 현경 역시 선길이 마뜩찮던 터였다.

목 씨는 입술을 질근거렸다.

"사정이 있더라고. 애가 일곱 살인데," 목 씨는 옆머리를 톡톡 두드렸다. "여기에 수술을 벌써 두 번이나 했대. 이제 좀 있으면 세 번째로 해야 되고. 핸드폰 대문사진이 애 수술한 자리 사진이더라고. 빡빡 밀어 놓은 옆머리에 갈고리처럼 커다랗게 꼬매 놔서는, 어휴. 기가 차지. 그 조막만한 머리에 그럴 데가 어딨다고. 집에서 전화 오면 다짜고짜 받으러 나가는 것도, 험해 보이는 일은 한사코 안 하려고 하는 것도 다 그거더라고. 애가 저러고 있는데 자기까지 어떻게 되면 아주 파탄이 나 버리는 거니까."

현경은 고개를 끄덕이면서도 썩 공감이 가지는 않았다. 미혼이었고 자식도 없었다. 다만 납득이 가는 것은 하나 있었다. 현장이 아니라 숙소에서의 일이었다.

"너무 신경쓰지 마세요. 어차피 소장이 됐다고 할 거예요."

"그럴까?"

"쓸데없이 반장한테 신세 질 이유가 없잖아요. 현장도 아니고 식당 일에."

"그건 그런데……."

현경은 영 안심이 안 돼 보이는 목 씨의 얼굴을 봤다. "제가 가서 작업 좀 할까요?"

목 씨는 현경을 쳐다봤다. "어떻게?"

"비닐하우스 빙 둘러서 장비로 한 바퀴 파 주면 되잖아요.

별로 깊게 팔 것도 없을 거 같은데."

목 씨는 금세 알아들었다. "그러네! 옛날 성에 해자 두르듯이 그렇게 해 놓으면 멧돼지가 옆에서 비비고 들어가려고 해도 발이 빠져서 힘을 못 받으니까."

현경은 그렇잖냐는듯 고개를 끄덕였다.

"오케이, 됐다. 내가 반장한테 말할게. 이상한 데다 사람 쓸 거 없다고."

목 씨의 얼굴에 화색이 돌았지만 현경은 애매하다는 표정을 지었다. "반장한테는 아무 말 마세요. 소장한테 지금 사바사바하고 싶어서 그러는 건데 어차피 안 들을 거예요. 원래 하자고 하면 더 안 하는 사람이잖아요. 저한테까지 와서 뭐라고 할 수도 있고."

"네가 하자 했다고 안 할게. 내 생각인 것처럼 말하면 되잖아."

"그러지 마시고, 제가 이따 한 대리한테 말해 볼게요. 한 대리가 소장한테 얘기해서 결정하는 게 빠르고 쉬워요." 고마워하는 목 씨에게 현경은 어깨를 으쓱거리며 덧붙였다. "뭘요, 별것도 아닌데."

현경은 정말 별것 아니라고 생각했다. 종종하는 일이었다. 공사장에 와서 시끄럽다거나 먼지가 날린다고, 또 사유지니 다니지 말라며 민원을 넣거나 심술 부리는 사람이 있었다. 현경은 일일이 맞서는 대신 눈치껏 텃밭이나 경계석 따위를 정리해 줬다. 그러면 두말없을 뿐 아니라 오가며 인사도 하고 음료수나 간식거리를 챙겨다들 줬다. 물론 그러고도 입 싹 닦거나 더 해내 놓으라는 양아치들도 있었지만. 아무튼 멧돼지가 난장판을 만들었다는 것도, 현장 사무소에서 밤샘을 하며 보초를 선다는 것도 썩 와닿지는 않았다. 직접 본 것도 아니었고 그 비슷한 일을 해 본 적도 없었다. 목 씨를 도와주고 싶은 마음도 있기는 했지만 그보다는 차라리 윤 씨와 반장 뜻대로 돌아가는 꼴에 어깃장을 놓아주고 싶은 마음이 더 컸다. 윤 씨는 핑계만 있으면 어떻게든 장비한테 일을 미루려 들었고 반장은 뻔히 빠르고 쉬운 일머리가 있어도 현경이 그러자고 하면 괜한 고집을 부리며 권위를 세우려 들었다. 선길의 사정이 마음에 걸린 것도 있긴 있었다. 목 씨의 말이 아니라 그 말로 납득하게 된 숙소에서의 일 때문이었다.

현경은 숙소로 쓰는 모텔 2층의 가장 좁고 싼 방들 중 하나에 묵었다. 비용보다는 안전 때문이었다. 무슨 일이 생기면 고층방은 외통수였지만 2층에서는 직접 도움을 청하기도 쉽고 여차하면 창문으로 도망칠 수도 있었다. 몇번 안 좋은 일을 겪은 뒤로 항상 그렇게 했다. 나름대로 장점도 있었다. 인부들이 선호하지 않아 혼자 조용하게 쓸 수 있었다. 하지만 얼마 전부터 그 옆방에 선길이 들어와 묵기 시작했다.

현장에서도 걸핏하면 전화기를 들고 사라지던 선길은 퇴근하고 들어와서도 매일 한두 시간씩 아들과 영상통화를 했다. 다정하고 부드러운 말투였고 목소리는 성가대원처럼 좋았다. 하지만 그렇다고 남의 방에서 나는 소리가 넘어온다는 것이, 또 내 방 소리도 그렇게 넘어갈 수 있다는 것이 기분 좋은 일일 수는 없었다.

현경은 몇번이나 망설였다. 벽을 두드려 주의를 줄까, 가서 이야기를 할까. 하지만 그 통화만 끝나면 벽 너머는 죽은 듯 조용했고 텔레비전 소리조차 넘어오지 않았다. 선길 스스로 조심하는 것이 분명히 느껴졌다. 현경의 입장에서는 뭐라고 하기도 애매한, 그래서 더 불편하고 성가시던 것이었다. 그런데 그 통화가 그렇게나 아픈 아들과 하는 통화였다고 하니 현경은 미안하고 민망했다. 어떻게든 도와줘야겠다는 마음까지는 아니었지만.

오후 작업을 하며 현경은 한 대리를 기다렸다. 한 대리는 그닥 믿음직한 사람이 아니었다. 일단 일을 잘 못했다. 일을 잘하느냐 못하느냐가 항상 현경에게는 사람을 판가름하는 중요한 기준이었는데 일 못하고 착한 사람만큼 현장에서 골치 아픈 사람은 없었기 때문이다. 목 씨에게 마음이 쓰이는 것도 일을 잘하는 사람이기 때문이었고 선길이 안타깝지만 마음이 미적지근한 것도 일을 못해서였다. 게다가 말할 때마다 웃기부터 하는 한 대리의 얼굴은 억지스럽고 비굴한 데가 있었다. 현장에서 실수도 잦았고 사무소에서도 막내라 이리저리 치이는 눈치였다.

그렇더라도 소장에게 말을 전하는 것 정도는 당연히 할 수 있을 터였다. 그것이 기본 절차이기도 했다. 평소라면 오후 일찍 한번 들러야 했는데 그날은 늦었다. 또 무슨 일이 있는 모양이다 싶어 현경은 차라리 소장에게 직접 말을 할까 생각도 했지만 그만뒀다. 소장은 별로 말을 섞고 싶은 사람이 아니었다. 딱히 꼬집어 말할 수 없이, 느낌이 그런 사람이었다. 그러는 중에 마침내 한 대리가 왔다.

자재를 부리고 돌아 나가려는 한 대리의 트럭을 현경은 손짓해 세웠다.

"어쩐 일이세요, 서 기사님!" 한 대리는 둥글넙적한 얼굴로 특유의 억지스러운 웃음부터 지었다.

현경은 가볍게 인사하고 본론을 꺼냈다. 간단한 이야기였다. 멧돼지 때문에 난감하다는 이야기를 들었다, 가서 잠깐 작업하면 될 일 같다, 소장님께 말씀을 전해 주시고 허락하시면 어차피 정비도 할 겸 저녁에 장비 몰고 가서 작업하겠다. 하지만 한 대리는 그 간단한 이야기를 질질 끌었다. 어떻게 할 거냐, 왜 할 거냐, 함바집에도 물어봐야 하지 않겠냐 하면서. 시선도 자꾸 피했다.

이상하고 불쾌했지만 일단 꺼낸 말이고 어쨌거나 회사 사람이라 현경은 꾹 눌러 참았다. 최대한 공손하고 간결하게 소장님께 여쭤 보기만 해 달라고 말했다. 한 대리는 그러고도 뚱한 표정을 짓다가 일단 말씀은 드려 보겠다고 했다. 그러고는 다른 현장에 가 봐야 한다면서 또 특유의 억지스러운 웃음을 짓고는 트럭 창문을 올렸다.

멀어지는 한 대리의 트럭을 보며 현경은 짜증이 났다. 뭔가 석연치 않고 찜찜했다. 당연히 하겠다거나 고마워할 일 아닌가? 차라리 소장에게 직접 말할걸 그랬다 싶었다. 하지만 역시 내 일도 아닌 걸 그렇게까지 하고 싶지는 않았다. 어쨌든 소장도 바보가 아니니 이야기를 들으면 그러라고 할 터였다. 아무리 선길이라도 그런 하찮은 일이나 시키며 놀릴 것은 없었고 목 씨에게도 말했듯 현장도 아닌 현장 식당 일에 괜히 반장의 신세를 질 이유 역시 없었다.

하지만 선길은 다음 날 아침 출근하지 않았고 반장은 선길이 현장에서 열외됐음을 알렸다. 그날 밤부터 멧돼지 보초를 서게 됐다고 공지했다.

2

 한 대리는 현경의 말을 소장에게 전하지 않았다. 멧돼지는
없었다. 식재료 보관 비닐하우스를 걸레짝으로 만든 것은 한
대리였고 그렇게 시킨 것은 소장이었다.

 목 씨의 의심대로 소장은 함바집 여사장과 짬짜미를 먹
고 부식비 중 일부를 빼돌렸다. 개인 용도는 아니었다. 회사
는 본거지가 타 지역이었다. 불경기다 보니 출혈을 감수하면
서도 이 지역에까지 넘어와 현장을 따낼 수밖에 없었고 그렇
게 현장을 운영하자니 예상했던 것 이상으로 돈이 줄줄 샜
다. 물류, 자재, 인력까지 모두 새로운 업자, 회사 들을 섭외해
야 했다. 비용은 높고 그러고도 자재가 부족하거나 물류가 늦
어지는 사건 사고가 끊이지 않아 수습 비용까지 들어갔다. 공

기*도 6개월 넘게 밀렸다. 소장 입장에서는 한 푼이라도 더 쥐어짜내야 했다.

여사장 역시 함바집 운영이 처음이었다. 적당히 할 줄을 몰랐고 인부들이 불평을 터뜨려 식당 분위기가 나날이 험악해지자 소장을 찾아왔다. 마땅한 핑곗거리를 찾던 소장은 식당에서 저녁밥을 먹고 나오던 길에 문득 헐벗은 겨울 산이 눈에 들어왔다. 고개를 돌려 식재료 보관용 비닐하우스를 봤고 다시 겨울 산을 쳐다봤다. 아침에 봤던, 멧돼지들이 민가를 습격한다던 뉴스가 영감(靈感)처럼 떠올랐다. 생각할수록 괜찮았다. 누구의 잘못도 아닌 멧돼지의 잘못이니 인부들도 어쩔 수 없을 테고 잘하면 겨울 내내 써먹을 수 있는 핑곗거리였다. 흡족한 웃음이 소장의 얼굴에 번졌다.

소장은 다음 날 저녁 한 대리에게 작업을 지시했다. 인부들 관리 차원에서 직급만 대리일 뿐 들어온 지 1년밖에 안 됐고 실수가 잦아 이러다 잘리는 것 아닐까 늘 전전긍긍하는 한 대리가 적격이었다. 한 대리는 꺼림칙해하면서도 소장이 시키는 대로 했다. 다음 날 아침 목 씨가 난동을 피운 것은 우연이기는 했어도 아주 우연은 아니었다. 그때쯤 소란이 한 번 날 것이라는 감이 소장에게는 있었다. 현장을 굴리다 보면

* 공사하는 기간.

자연스럽게, 또 반드시 터득해야 하는 감각이었다.

　반장이 찾아와 선길을 멧돼지 보초로 세우겠다고 말했을 때 소장은 속으로 피식 웃었다. 있지도 않은 멧돼지 때문에 보초를 세우겠다니 웃지 않을 수 없었다. 반장은 목 씨가 함바집에서 소란을 피운 것이 죄송하다느니, 겨울에 함바집 여사장도 고생이라느니, 또 현장 전체도 밥이 그렇게 나와 힘이 빠지느니 하는 소리를 장황하게 했다. 소장은 그것도 웃겼다. 자기 밥그릇이나 걱정할 것이지, 꼴에 남 걱정은. 아무튼 주제 파악들을 못했다. 반장이 소장님 걱정이 많으실 텐데 덜어 드리고 싶다는 말까지 덧붙이자 소장은 결국 참지 못하고 파안대소했다. 어떻게든 생색처럼 보이지 않으려 쓰는 안간힘이 귀여울 지경이었다. 환갑이 지난 노인이지만.

　"고맙습니다, 역시 내 걱정해 주시는 건 우리 유 반장님밖에 없어. 안 그래, 한 대리?" 소장은 웃느라 눈물을 찔끔거리며 측면 벽에서 공정 현황판을 고치고 있던 한 대리를 봤다. 한 대리는 비굴스럽게 웃었다. 꼴보기 싫은 웃음이었지만 기분 때문인지 그마저도 소장은 웃겼다. 반장은 따라 웃으면서도 어쩐지 불안했다. 소장의 반응이 너무 과하다 싶었다.

　소장은 생각했다. 반장이 자기에게 원하는 건 뻔했다. 생각해야 할 것은 반장에게 뭘 얻어 낼 수 있느냐였다. 소장은 일단 무관심으로 대응했다. 고맙지만 그렇게까지 할 것은 없다고, 함바집 일이니 함바집에서 수습하게 두라고. 반장이 했던 말을 반복하며 거창한 이유를 댔지만 마찬가지였다. 소장은 반장을 정이 많고 전체를 생각할 줄 아신다고 치켜세우면서도 괜찮다고만 했다.

그러자 몸이 단 반장이 속내를 털어놨다. 어차피 선길이 현장에 잘 적응하지 못해 어려움이 있다고. 소장의 표정이 슬쩍 변했다. 소장은 사람 부리기가 역시 쉽지 않다며 몇 마디 공감하는 말을 던졌다. 그러자 반장은 선길의 문제점을 일일이 털어놓았다. 애가 아프다는 말도 했는데 그 말을 꺼낸 것은 혹시라도 소장이 선길을 내치라고 하지 않을까 걱정해서였다. 선길은 인력사무소를 거치지 않고 들어와 일당의 절반이 반장에게 들어왔다. 물론 반장은 사정이 안됐으니 어려워도 데리고는 가는 것이 인지상정 아니겠냐며 장황하게 갖다 붙였지만.

소장은 만만하게 웃으며 고슴도치처럼 삐죽한 코를 매만졌다. 이제 반장에게 무엇을 얻어 낼 수 있는지 분명해졌으니까. 소장은 책상을 탁 쳤다. 좋다고, 김치를 담그자면 먼저 배추부터 절여야 하지 않겠냐며 당분간 선길을 멧돼지 보초로 세우자고 말했다. 도움을 받는 것이 아니라 부탁을 들어준다는 투였다. 반장은 일단 이야기가 풀렸다는 것에 안도하면서도 이게 아닌데 싶었다. 하지만 소장은 반장을 치켜세우며 여지를 주지 않았다. 반장이 한 말 그대로, 어려운 사정이 있는 인부까지 챙기고 현장 걱정까지 해 주는 사람은 역시 유 반장님밖에 없다면서 서로 믿고 앞으로도 잘해 보자고 반장의 늙고 거친 손을 굳게 잡고 흔들었다.

대화는 그렇게 끝났다. 반장은 좋으면서도 뭔가 찜찜한 기분으로 산바람 들이치는 밖으로 나왔고 소장은 따뜻한 소장실 안에서 희희낙락 웃었다. 소장은 널찍한 의자에 편안히 등을 기대 담배를 한 대 꺼내 물었다. 가득히 빤 연기를 유유히 내불었다. 정말이지 너무 재미있었다. 있지도 않은 멧돼지로 반장의 코까지 꿰게 되다니.

관계가 대등하지 않으면 거래도 공정할 수 없다. 우위에 선쪽은 그럴 필요가 없기 때문이다. 반장도 알고 본인 역시 인부들에게는 그렇게 했다. 하지만 바라는 것이 있었고, 소장이 그 속을 훤히 꿰뚫어 보고 있었기 때문에 당할 수밖에 없었다. 반장은 뭔가 계속 찜찜하면서도 어쨌든 이야기는 됐다고, 한 다리 걸쳐 놓은 셈이라고 생각했다. 텔레비전에서 강사도 그렇게 말하지 않았나. 도움을 주는 것뿐 아니라 받는 것도 관계를 업그레이드하는 방식이라고. 그렇게 찜찜한 구석을 털어 내고 반장은 철제 계단을 걸어 내려갔다. 반장은 몰랐다. 이 일로 소장이 자신을 어디까지 끌고 갈지.

선길을 열외시키겠다는 반장의 공지에 목 씨는 한숨을 뻐근하게 내쉬었다. 소장까지 거쳐 내려온 결과를 번복시킬 방법은 없었다. 그동안 선길을 볶아 댄 것도, 괜한 소란을 피워 이 사달을 낸 것도 모두 미안했다. 하지만 한편으로는 선길이 빌미를 제공한 것도 사실이라고 생각했다. 멀쩡히 일 잘하고 사람들과도 잘 지냈으면 이렇게까지 될 일은 아니었으니까. 물론 말처럼 쉬운 것은 아니었다. 목 씨의 아들 역시 천식 때문에 어렸을 때 큰일 날 뻔한 적이 여러 번 있었다. 안쓰러워해 봤자 수가 없으니 차라리 냉담해지기라도 하려는 것이었다.

현경은 조회가 끝나고 창고에 있던 한 대리를 찾아갔다. 소장에게 말을 전했는지 물었고 한 대리는 그랬다고 대답했다. 하지만 이미 다 결정이 된 뒤였다고, 소장님 아시지 않냐며 또 그 꼴 보기 싫은 웃음을 지었다. 현경은 더 말하지 않고 돌아 나와 현장으로 가는 출근 차량에 탔다. 석연찮고 짜증이 났지만 역시 어쩔 수 없는 일이었다.

현장으로 가는 다마스 안은 평소와 다른, 어색한 침묵이 감돌았다. 좋든 싫든 한 사람 빈자리가 느껴졌다. 경박한 엔진음과 덜커덩거리는 차체의 진동음만 차 안을 채웠다. 윤 씨가 한마디했다. "오늘도 더럽게 춥네. 선길이는 좋겠구먼. 따뜻한 모텔 침대 안에서 지금도 퍼 자고 있겠네." 그 말에 한마디씩들 보태기 시작하면서 침묵은 깨졌고 평소와 같은 분위기가 되살아났다. 목 씨는 눈을 감고 차 벽에 기대 있었고 현경은 창문 밖을 봤다. 깡마른 낙엽송만 촘촘한 산과 텅 빈 밭들이 보였다. 마시멜로 같은 곤포사일리지*들이 드문드문 떨어져 있었다. 헐벗고 가난한 풍경이었다.

건설 중인 혁신도시에서 해안의 하수종말처리장까지 콘크리트 하수관을 놓는 공사였다. 오전부터 옅은 눈발이 날렸고 귀를 잡아 뜯는 것 같은 바람이 종일 불어 댔지만 작업은 평소와 똑같이 이어졌다. 큰비나 눈만 아니면 계절을 타지 않는 공사였다. 인부들은 국도 옆으로 파 놓은 터에 어른 허리 높이까지 오는 관을 매립했다. 그렇잖아도 박한 공간에 추위와 바람까지 더해 속도가 좀처럼 붙지 않았다. 막작업이 꼭 이렇게 애를 먹인다고들 하면서 모두 꾸역꾸역 일을 해 나갔다. 무슨 날인지 유난히 오가는 차도 많았다. 자가용, 용달차, 돼지나 닭을 실은 트럭, 탑차와 트레일러들이 뜸해진다 싶으면 줄지어 오고 이제 지나갔나 싶으면 또 줄지어 왔다. 몇몇 차는 아무 이유 없이 클랙슨을 빵 누르거나 창문을 내려 가래침이나 쌍욕을 내뱉고는 지나갔다. 도로변에서 작업하다 보면 종종 겪는 일이었다. 그리고 그런 하루도 다른 날들과 마찬가지로 해가 졌고 끝이 났다.

---

* 수분량이 많은 목초, 사료 작물 등을 진공으로 저장, 발효하는 것.

숙소로 돌아가는 차 안은 혼곤했다. 모두 녹초가 돼 깊숙이 앉거나 어딘가에 기대 눈을 감고 있었다. 보조석에 앉은 목 씨는 창문 위 손잡이를 잡은 채 앞을 보고 있었다. 선길이 걱정스러웠다. 모텔이 가까워지자 앞에 서서 기다리고 있는 선길이 보였다. 작고 왜소한 몸이었다. 동글동글한 머리에 안전모를 쓰고 변변찮아 보이는 파카 하나를 껴 입은 채 서 있었다.

"수고하셨습니다, 수고하셨습니다." 선길은 내리는 사람을 보며 일일이 인사했다. 성가대원처럼 좋은 목소리로.

나와서 기지개를 쭉 편 윤 씨가 빈정거렸다. "아이고, 이제 출근하는구나, 우리 선길이는. 욕 좀 보겠네, 휴게실 방에 앉아 밤새기 한다고. 우리는 하루 종일 눈발 맞아 가면서 뺑이쳤는데." 인부들이 피식거렸다.

"많이 춥지 싶은데." 목 씨는 선길을 봤다. "다른 건 없어?" 변변찮아 보이는 파카를 눈짓하며 말했다.

"이거 좋아요. 이렇게 모자 올려서 덮어 써도 되고, 털도 달려서 얼마나 따수운데요." 선길은 걱정 말라는 듯 웃었다.

목 씨는 가방에서 털모자를 하나 꺼냈다. "새거야. 갖고만 다녔지 사 놓고 아직 한 번도 안 썼어."

"괜찮아요."

"가져가. 이팔청춘 아냐." 목 씨는 선길의 파카 주머니에 욱

여넣었다. "양모야, 나일론 아니고."

"목 형, 형은 나를 좀 그렇게 챙겨 봐. 그럼 내가 아주 업고 다닐 거야, 업고." 윤 씨가 또 한마디했다.

목 씨는 무시했다. "전화기 확인하고. 충전기도 챙겼지?"

"네, 다 챙겼어요. 어서 올라가 쉬세요."

목 씨는 한숨을 뻐근하게 내쉬며 선길의 어깨를 툭툭 두드려 주고는 모텔 안으로 들어갔다.

선길이 탄 다마스가 현장으로 출발했다.

"컵라면이랑 생수는 넣어 놨어요. 일지랑 랜턴도 거기 있고요. 더 필요한 게 있으시면 말씀해 주세요." 차를 세운 한 대리가 말했다. 선길은 차에서 내렸다.

휴게실은 현장 식당 맞은편, 창고에 딸린 자그마한 방이었다. 얼핏 지나치기만 했을 뿐 안에 들어가 본 적은 없었다. 인부들도 드나들지 않았다. 점심을 먹고 나면 인부들은 모두 창고로 몰려갔다. 창고 한쪽에 건초처럼 쌓인, 비닐이나 합성섬유로 된 피복재와 보강재들을 끄집어내 하나씩 깔고 누웠다. 따뜻한 데다 제법 푹신하기까지 해 잠깐 눈 붙이기에 더할 나위 없었다. 선길은 숙소 앞과도 사뭇 다른 추위에 어깨를 움츠리며 휴게소의 덜그럭거리는 문고리를 비틀어 밀었다.

쾨쾨한 냄새가 선득하게 코를 찔렀다. 선길은 전등을 켰다.

벽에는 언제부터 있었는지 모를 작업복이 몇 벌 걸려 있었고 그 밑에 역시 누구 것인지 모를 흙투성이 안전화가 몇 켤레 놓여 있었다. 곁에는 한 대리의 말대로 생수 한 팩과 컵라면 한 박스, 그 위에 긴 작업용 랜턴 하나가 놓여 있었다. 장판 위에는 전기 주전자가 놓인 앉은뱅이 탁자가 있었고 옆에 개집에나 넣어줄 것 같은 국방색 모포 두 장이 대충 개여 있었다. 전열기가 하나 벽에 달려 있었다. 식당에서 흔히 보는, 벽걸이 선풍기를 닮은 것이었다. 선길은 코드를 꽂고 손잡이를 돌려 봤다. 저항이 걸리는 소리가 나자 빨갛게 달아오르며 열기가 흘러나왔다. 실내에서 온기를 주는 것이라고는 달랑 그것 하나였다. 선길은 가방을 내려놓고 돌처럼 차가운 바닥에 앉았다. 창밖은 고요하고 어두웠다. 2층 사무실의 불빛만 보였다.

선길은 가방을 열어 노트북과 회계사 수험서를 꺼냈다. 회사에서 선길은 회계팀 팀장이었다. 첫 회사이자 마지막 회사였고 근무 연수는 20년이었다. 그 숫자를 생각하면 늘 실감이 안 났다. 20년이었다니. 하지만 아들 준서가 일곱 살인 것은 매해 실감이 났다. 한 해 한 해가 모두 다르고 또렷했다. 선길은 핸드폰을 꺼냈다. 통화는 하지 않았다. 준서는 오늘 병원에 다녀와 일찍부터 자는 중이었다. 아내와 나눈 문자메시지만 한번 죽 훑었다. 짤막한 말로 안부를 확인한 다음 병원에서 무슨 이야기가 오갔는지 주고받았다. 주로 선길이 묻고 아내가 답했다. 그것이 전부였다. 예전에는 시시한 농담도 자주 했고 두 번째 수술까지만 해도 서로 다독이고 북돋아 주는 말도 했었지만 이제는 아니었다. 아내는 밤샘 근무를 하게 됐다는 것도 몰랐다. 걱정시키고 싶지 않아 말하지 않은 것도 있었지만 괜한 오기 때문이기도 했다. 지인의 지인을 통해 이곳에 자리를 알아본 것도, 망설이던 자신에게 일단 가 보라고, 가서 못하겠으면 그때 돌아오라고 내몬 것도 아내였다.

　물론 아내는 그럴 만했다. 본인이 마트 두 곳을 뛰며 하루 열여덟 시간씩 일했고 그동안 준서를 봐 준 것도 장모님이었다. 드문드문 있던 면접에서도 모두 떨어졌고 면접 보자는 곳도 몇 달째 없었다. 면접 탈락은 늘 같은 이유였다. 아이가 아픈 사정은 안 됐지만 언제든 자리를 비워야 하는 사람을 팀장으로 채용하기는 어렵다는 것이었다. 아내는 그런 사정을 미리 말할 필요가 없지 않냐고, 일단 들어가기부터 해야 하지 않냐고 했다. 하지만 선길의 입장에서는 그렇지가 않았다. 뻔히 드러날 사정을 일부러 이야기하지 않은 셈이 되고 그러면 회사에서 믿을 수 없는 사람으로 낙인찍힐 수밖에 없었다. 채용해 준 사람에게는 물론 팀원들에게도 민폐가 되는 것이었다. 마지막 면접에서는 팀장이 아니라도 좋다고 연봉을 깎아서라도 채용해 달라고 매달려 보기도 했다. 하지만 채용 담당자를 곤혹스럽게 만들기만 했을 뿐, 결과는 다르지 않았다. 이전 회사에서 나오게 된 이유도 크게 다르지 않았다. 주인이 바뀌며 재무 쪽으로 새 사람들이 들어오고, 그 사람들이 업종에 대한 이해가 없어 서로 마찰이 있기도 했지만 결국 빌미가 된 것은 수시로 자리를 비우고 급하게 휴가를 냈다가 연이어 터진 사고들 때문이었다.

아내나 자신이나 서로 절박했지만 절박하기만 했다. 이해하려고 하지 않았다. 절박해지고 감정을 드러낼수록 그럴 여지도 여유도 없어졌다. 선길은 왜 자신의 처지를 이해하려 하지 않냐며 날을 세웠고 아내는 왜 자신의 절박함을 이해하려 하지 않냐며 날을 세웠다. 이해하지 않은 것이 아니라 못 한 것이었지만, 조금만 생각하면 그렇다는 것을 알았지만, 다시 언쟁이 시작되면 상황은 똑같아졌다. 절박하다는 것은 그런 것이었다. 천천히 수렁 속으로 빠져 들어가는 것, 지쳐 있다는 것을 몰라 더욱 지쳐 가는 것, 그렇게 외따로 고립되어 가는 것. 이렇게 떨어져 지내게 되고서야 그것이 보였다.

하지만 결국 원인은 자신에게 있었다. 왜 내게 이런 일이 생긴 걸까, 어떻게 이런 일이 벌어질 수 있는 걸까? 그런 생각에 사로잡혀 아무것도 하지 못했다. 부질없는 질문이라는 것은 알았다. 소아암병동에 들어서면 그냥 보이는 것이었다. 대기 의자에 앉아 차례를 기다리는 부모들, 맥없이 안겨 있거나 칭얼대는 아이들. 그동안 운 좋게 보지 않았을 뿐 그렇게 아픈 자신과 부모가 살아가는 세상이 있었고 자신 역시 단지 그 세상에 입회한 것에 불과했다. 누구의 잘못도 죄도 아니었다. 세상은 여기저기 함수가 틀린 엑셀표 같은 것이었다. 어떤 칸에서는 아무리 올바른 숫자를 넣어도 에러라고 뜰 수밖에 없는. 하지만 머리로는 이해하면서도 마음으로는 그렇게 되지가 않았다. 자꾸 움츠러들고 소심해졌다. 구직이 안 되고 수술이 거듭되고 아내와 소원해질수록 실은 더 꿋꿋하고 담대해져야 하는데 그렇게 되지가 않았다. 나락으로 굴러 떨어질 것 같은 불안과 두려움에 더욱 옥죄었다. 이렇게 밤샘을 하며 멧돼지나 기다리는 신세가 된 것도 그 결과였다. 불안과 두려움을 떨치지 못한 대가. 그 역시 이렇게 되고 나니 보이는 것이었다.

선길은 주전자에 물을 올리고 컵라면을 뜯었다. 그래도 상황이 그렇게 나쁜 것은 아니었다. 어쨌거나 돈을 벌 수 있었고 옆방에 소리 넘어갈까 걱정하지 않고 자유롭게 준서와 통화할 수 있었다. 혼자라는 사실도 홀가분했다. 사정도 모르면서 닦달만 하던 인부들의 시선도, 은근하던 따돌림에서도 이제는 멀찍이 떨어져 있었다. 미안하면서도 억울하고 자신에게 짜증이 나면서도 인부들에게 분노했던 기이한 감정의 악순환도 더는 느낄 필요가 없었다. 선길은 차분히 낮에 생각했던 것들을, 해야 할 것을 떠올렸다. 틈틈이 인터넷으로 구직활동을 하는 한편 새벽에는 회계사 시험 준비를 시작할 계획이었다. 집에서 책을 챙겨 오기는 했지만 그동안은 피곤하고 우울해서 좀처럼 펼쳐 보지 못했다. 쉽지 않은 시험이었지만 업력 덕분에 1차 시험이 면제였다. 붙기만 하면 지금으로서는 기대할 수 있는 최상의 결과였다. 선길은 마음을 다잡았다. 할 수 있고 해내야 한다고, 더는 불안과 두려움에 짓눌려서는 안 된다고 되새겼다.

선길은 서둘러 컵라면을 비우고 첫 순찰을 돌았다. 아직 직원들이 잔업 중이었고 바람도 잠잠했다. 일지에 '이상 없음'을 써넣어야 하는 주요 장소마다 시시티브이가 돌아가고 있어 안심도 됐다. 휴게소로 돌아오고 조금 있으니 잔업하던 직원들이 사무실 불을 끄고 내려왔다. 선길은 나가서 기분 좋게 인사했다. 수고 많으셨다고, 내일 뵙자고. 하지만 이후로 어떤 것도 선길이 생각한 대로 흘러가지 않았다.

직원들은 퇴근하면서 사무실 전원을 모두 내렸다. 와이파이 공유기와 사무실에 설치된 통신사 중계기가 모두 꺼졌다. 그 생각을 못한 선길은 노트북에 이상이 있나 싶어 몇번을 껐다 켜고 설정도 바꿔 봤다. 밖으로 들고 나가 여기저기 신호를 잡으려고 애썼다. 모두 허사였다. 핸드폰 신호마저 약해 통신사 데이터를 쓰는 것조차 쉽지 않았다.

자정이 가까워지면서 추위도 심각해졌다. 조립식 건물은 바람이나 간신히 막을 뿐 땅에서 올라오는 한기에는 속수무책이었다. 휴게실은 냉동창고가 됐고 전열기는 촛불 같은 온기나 간신히 밀어낼 뿐이었다. 선길은 전기 주전자로 물을 끓여 수증기라도 쐬려고 했지만 얼마 안 가 그만뒀다. 부들부들 떨며 억지로 끓는 모습이 위태로웠고 자칫 전기 사고라도 나서 사무소 전체에 문제가 생기면 더 큰일이었다. 선길은 목씨가 준 털모자를 쓰고 그 위에 파카 털모자까지 덮어썼다. 자리에는 국방색 담요를 깔고 혹시나 싶어 가져온 스키 장갑도 착용했다. 그렇게 있어도 새벽이 되자 몸이 덜덜 떨려 왔다. 손발이 태엽을 조이듯 오그라들었다. 하지만 추위는 밤의 일부분에 불과했다.

산에서 뭔가 울부짖는 소리가 들려왔다. 처음에는 사람 소리인 줄 알았다. 조난당하거나 노루 덫에 발목이 걸린. 밖으로 나간 선길은 산 여기저기에 랜턴을 비추며 누구 있냐고 소리쳤다. 메아리만 돌아올 뿐이었다. 하지만 휴게실로 돌아온 지 얼마 안 돼 소리는 다시 들려왔다. 선길은 밖으로 나갔다. 이번에는 더 높고 앙칼진 소리가 시커먼 산을 울리고 있었다. 선길은 그제야 무슨 소리인지 짐작할 수 있었다. 말로만 듣던

고라니 울음소리였다.

소리는 밤새 이어졌다. 비명처럼 내질렀다가 목을 길게 내빼 울었다가 개처럼 짖어 대기도 했다. 예고 없이 시작해서 길게는 몇분씩 이어졌다. 도시에서만 나고 자란 선길로서는 무슨 짐승인지 알 수 없는 소리도 한 번씩 사무소를 안고 있는 산줄기 이곳저곳에서 들려왔다. 새벽이 되자 바람도 거세졌다. 한번씩 불어닥치는, 가파른 산줄기를 타고 달려 내려온 급한 바람이 사무소 마당에서 뿌연 흙먼지를 뽑아 올리며 날카로운 휘파람 소리를 냈다. 얇은 벽들이 퉁퉁 흔들렸고 빈약한 이음새들이 삐걱거렸다. 휴게실 창문도 덜그럭덜그럭 아우성쳤다. 더욱 신경을 헤집는 것은 그런 뒤 갑자기 찾아오는 정적이었다. 어떤 소리도, 심지어 고라니 소리조차 들리지 않는, 온 세상이 모두 다 멈추고 어둠 그 자체인 것 같은 정적이 갑작스레 사무소 전체를 짓누를 때가 있었다. 선길은 자기도 모르게 숨을 참고 창밖으로 주위를 살폈다. 어디에선가 뭐라도 나올 것 같았고, 무엇이 튀어나와도 이상하지 않을 것 같았다. 멧돼지가 떼로 내려와 풍랑처럼 사무소 전체를 덮치기라도 할 것 같았다.

선길은 아무것도 할 수 없었다. 정말로 멧돼지가 내려올지도 모른다는 생각이 들자 더욱 귀를 기울이며 신경을 곤두세워야 했다. 군대에서 억지로 섰던 보초 근무가 아니었다. 일당과 생활이 걸린 일이었다. 다시 멧돼지가 내려와 비닐하우스를 헤집어 놓는다면 변명할 말이 없었다. 단순히 현장에서 잘리고 마는 문제가 아니었다. 연이은 구직 실패에 공사판까지, 급기야 이런 일도 아닌 일까지 하게 된 상황에 이것마저 못 하면 그다음엔 어디로 가야 할지 알 수 없는 막다른 길이었다. 순찰 역시 정확한 시간에 어김없이 돌아야 했다. 처음엔 안심시켜 줬던 시시티브이는 기실 자신을 도와주는 것이 아니라 감시하는 것이었다. 시간에 맞춰 그 앞에 비춰지지 않으면 나중에 뭘 했냐는 질책을 받아도 할 말이 없었다. 다행스럽게 여겼던 혼자라는 사실도 선길을 숨 막히게 했다. 시커먼 산, 사방에서 들쑤시듯 부는 바람, 알 수 없는 짐승들 소리와 언제 올지, 얼마나 올지 모르는 멧돼지에 시달릴수록 선길은 혼자라는 사실이 견디기 힘들었다. 그렇게 몸과 마음이 지쳐가자 암울하고 불안한 예감도 다시 고여들었다. 준서가 수술을 견뎌 내지 못하거나 운 좋게 수술을 견뎌 내더라도 뇌 손상을 입을지 모른다는 온갖 종류의 불운하고 잔혹한 예감들에 자꾸 마음이 옥죄이려 했다. 불면에 시달렸던 수많은 밤들처럼.

새벽이 깊어 갈수록 선길이 바라는 것은 단 하나였다. 날이 밝는 것, 무엇이 있는지 모를 시커먼 산에 다시 빛이 비치고 사람들이 와서 사무실에도 다시 전등이 켜지고 식당에 밥

짓는 김이 솟아 창문 없는 방 같은 이 밤에서 벗어나는 것. 하지만 그럴수록 시간은 느리게 흐르고 어둠은 가뭇없이 짙어 가기만 했다.

선길은 핸드폰으로 예전 동영상을 봤다. 담장에 빨간 장미 덩굴이 흐드러지게 피어 주렁주렁 흘러내리던 초여름, 3년 전이었다. 준서는 아직 머리를 밀지도 않았고 아픈 기색도 없이 골목길에서 킥보드를 타고 씽씽 달렸다. 탐스러운 바가지 머리가 귤색 햇살에 찰랑거렸다. 반쯤 체념한 아내의 천천히 좀 해, 하는 목소리와 뭐가 그리 좋은지 흐흐거리며 웃던 선길 자신의 웃음소리가 들렸다. 파란 하늘에 노을이 부드럽게 지고 커다란 돛이 되고 싶은 미풍이 불던, 영원이고 싶던 저녁의 풍경. 저온에 자꾸 전원이 꺼지려고 하는 핸드폰을 꼭 쥔 채 선길은 그 영상을 보고, 또 봤다. 소장이 지어낸, 어디에도 없는 멧돼지를 기다리며.

3

크게 다르지 않은 밤들이 이어졌다. 길거나 짧거나, 더하거나 덜하거나의 차이가 있을 뿐 선길은 매일 밤 혼자 어둠과 추위, 온갖 산 소리와 암울한 예감에 시달리며 멧돼지를 기다렸다.

통신 문제 역시 해결되지 않았다. 다음 날 한 대리에게 말했고 그날은 밤새 켜져 있었지만 그다음 날은 다시 꺼져 있었다. 며칠 뒤 선길은 망설임 끝에 다시 한번 한 대리에게 말했다. 별로 달라지지 않았다. 한 대리가 야근하며 마지막까지 남았던 날은 작동했지만 다른 직원들이 마지막으로 사무실을 떠날 때는 여지없었다. 악의는 아니었다. 아침에 사무실 전원이 켜져 있으면 소장이 잔소리를 했고 직원들은 그 잔소리를 듣고 싶지 않을 뿐이었다. 또 그것이 선길에게 얼마나 중요한지, 혼자 사무소에서 밤을 샌다는 것이 어떤 일인지 몰랐을 뿐이었다.

숙소에 돌아온 선길은 기진맥진했지만 푹 자지도 못했다. 커튼을 치고 귀마개를 해도 오후 1~2시면 자기도 모르게 눈이 떠졌다. 귀마개 너머로 객실 청소하는 소리가 아득하게 들렸다. 머리는 멍하고 몸도 무거웠지만 선길은 자리에서 일어났다. 억지로 씻고 노트북을 펼쳤다. 회계사 수험서를 들췄다. 오래 집중하지는 못했다. 낮은 낮대로 썰렁한 모텔방에 혼자 있다는 것이 너무 적막했다. 해가 지면 또 어제와 다름 없는 밤을 겪어 내야 한다는 것이 괴로웠다.

한 주가 지나자 선길의 얼굴은 눈에 띄게 수척해졌다. 뺨은 쳐 낸 듯 강팔라졌고 눈밑은 거무죽죽했다. 안전모 밑으로는 안 보이던 새치도 몇 가닥 보였다. 하지만 선길은 매일 아침 사람들이 오면 웃는 얼굴로, 기분 좋은 목소리로 인사했다. 날이 밝아서, 사람이 반가워서는 아니었다. 간절히 아침이 오고 사람들이 출근하기를 기다렸지만 막상 사람들의 얼굴을 보면 분노가 치밀었다. 자신은 밤새 우물 속 같은 어둠에 갇혀 있었는데 그 얼굴들에는 혼곤하고 평안했을 잠이 아직도 덕지덕지 묻어 있었다. 그마저도 충분하지 않다는 듯 눈을 비비거나 하품했고 선길이 인사해도 건성으로 고개를 끄덕이기나 했다. 선길이 거기 있는 줄도 몰랐던 것처럼. 하지만 선길은 그럴수록 더욱 공손하고 가다듬은 목소리로 인사했다. 좋은 일을 하고 싶었다. 착한 사람이 되고 싶었다. 그러면 준서의 수술 결과도 좋을 것 같았다.

터무니없었지만, 그랬다. 선길은 종교도 없었고 예전 드라마에서 정한수를 떠 놓고 비는 장면을 볼 때도 비웃던 사람이었다. 되고 나니 알 수 있었다. 물 한 그릇이라도 놓고 빌고 싶은 것이 부모 마음이었고 정말 되기만 한다면 그보다 더한 것에다 대고도 얼마든지 빌 수 있었다. 사람들이 하는 것에는 다 그럴 만한 이유과 감정이 있고 그 사람이 돼 보기 전에는 모르는 일이었다. 각자 자신의 몸으로 느끼고 체험할 뿐이기 때문이다. 다른 사람이 돼 보는 건 어렵고 타인에게 무심한 것은 쉽고 자연스러운 일이다. 인부들이 선길의 인사를 무심히 받거나 이제 들어가 잠이나 자면 되니 좋겠다는 소리를 해대는 것도 그들이 특별히 야멸차거나 무정해서는 아니었다. 고생은 나누어 가질 수 없는, 각자의 고생이라는 생각에만 익숙했기 때문이었다. 그들에게는 그것을 보듬고 다독인 경험도 그럴 만한 여유도 없었다.

공사는 새 구간으로 들어섰다. 기존의 국도 현장을 벗어나 건설 중인 신규 국도로 이어지는 중간 구간이었다. 경사가 조금씩 있는 것만 제외하면 농장비들이나 다니는 흙길이었고 매설물도 없어 원래라면 작업이 무척 수월해야 할 곳이었다. 윤 씨는 설렁설렁해도 밥값 나오는 현장이라고 했고 반장 역시 그 계산을 했기 때문에 선길을 빼는 여유를 부렸던 터였다. 하지만 소장의 생각은 달랐다. 반년 넘게 밀린 공기를 만회해 나갈 시작점이라고 여겼다.

소장은 수시로 현장에 들러 진도를 확인하고 작업 개선을 지시했다. 작업 개선은 정확히 말하면 날림 공사였다. 국도변과 달리 보는 눈도 없으니 소장은 주저할 것이 없었다. 흙막이 공사를 생략시킨 것도 그중 하나였다. 흙막이 공사는 관을 놓기 전에 하는 작업으로 파낸 터 양쪽에 패널을 대서 흙이 쏟아지지 않게 하는 것이었다. 안전사고 예방이 주목적이었다. 사면에서 흙이 흘러내려 무릎까지만 차올라도 인부들은 꼼짝달싹할 수 없었다. 고층작업도 없고 중량물도 모두 굴착기가 날라 비교적 안전한 하수관거 현장에서 거의 유일하고 빈번하게 발생하는 것이 그런 안전사고였다.

소장의 지시에 반장은 떨떠름한 표정을 지었다. 안전도 안전이지만 절차를 생략하는 것이니 같은 시간에 일을 더 많이 해야 한다는 뜻이었다. 반장은 다른 현장에서 그러듯 소장이 부탁이라도 하듯 말해 주기를 바랐다. 별것 아니지만 작업 관련 이런저런 편의라도 봐주겠다고 약속하면서. 하지만 소장은 그럴 생각이 조금도 없었다. 바쁘게 치고 나가야 할 때 서로 도와주는 게 같이 일하는 맛 아니겠냐고, 넌지시 선길의 일을 상기시켰다. 그때 그랬던 것처럼 현장 전체를 생각하는 반장이 애쓰고 결과를 보여 줄 것이라고 믿어 의심치 않는다며, 반장이 주섬주섬 갖다 붙였던 명분들을 그보다 훨씬 거창하고 맛깔나게 끼워 맞춰 반장을 치켜세웠다. 그게 그런 게 아닌데 싶으면서도 반장은 우선 기분이 좋았고 또 자신이 뱉어 놓은 말들이라 알았다는 말밖에 할 수 없었다.

반장이 결정된 사항을 전달하자 인부들은 내키지 않는 기색을 내비쳤지만 역시 시키는 대로 할 수밖에 없었다. 하라면 하라는 대로 하는 것에 길이 들기도 했고 그래야 하는 처지들이기도 했다. 이 겨울에 어딜 가도 이만한 자리를 구하기는 쉽지 않았다.

반장은 인부들을 죄어 붙였다. 하겠다고 했으니 어쨌거나 결과를 내야 했다. 쉬는 시간에도 어느 정도 됐다 싶으면 먼저 자리를 털고 일어나 박수를 쳐 가며 인부들을 몰았고 예전 같으면 마무리 짓고 담배 한 대씩 피우며 퇴근 차량 기다리자 할 것을 이제는 퇴근 차량이 도착해도 여기까지 마무리지어 놓고 들어가자며 10분, 20분씩 더 시켰다. 인부들이 불퉁거렸지만 반장은 오히려 일하러 왔으니 일하는 것이 당연하지 않냐고, 회사가 공정을 만회해야 우리도 계속 일을 할 수 있는 거 아니냐고 말했다. 목 씨는 그래도 위에서부터 할 건 해 놓고 저런 소릴 해야지, 하고 생각했지만 입 밖에 내지는 않았다. 반장의 심기를 건드리고 싶지 않았다. 몇 마디 말로 하라면 해야 하는 처지가 달라지는 것도 아니었다.

다시 한 주가 지났다. 선길의 얼굴은 초췌했다. 하지만 반장은 그 주에도 선길을 열외시키겠다고 공지했다. 선길은 선길대로 골병이 들고 현장은 현장대로 손 하나가 아쉬운 상황이었지만 그렇게 했다. 오기, 이를테면 현경이 뻔히 쉽고 빠른 방법을 건의해도 굳이 원래 자기가 하자는 대로 하는 괜한 고집 같은 것 때문이었다. 반장은 선길이 없어도 이만큼 할 수 있다는 것을 보여 주고 싶었다. 자기가 그만큼 능력 있는 반장이라는 것을 과시하고 싶었다. 그래 봐야 소장 앞의 반장이라는 생각은 못 한 채. 선길의 초췌해져 가는 모습은 눈에 들어오지도 않았다.

반면 현경은 아침저녁으로 선길을 마주칠 때마다 어슴푸레한 미안함, 여리지만 치워지지 않는 죄책감을 느꼈다. 한 대리를 거치지 않고 소장에게 직접 말했으면 어땠을까? 피하고 싶은 사람을 피한 것은 정당하고 자연스러운 일이었다. 실은 누구나 이기적이고 타인에게 별로 관심 없으니까. 하지만 초췌한 선길의 얼굴을 매일 보면서 이제는 이 외딴 사무소의 밤이 다르게 느껴졌다. 겨울이라 퇴근하는 중에 이미 해가 졌다. 산은 계속 보고 있으면 현기증이 일 것처럼 크고 새카맸

다. 여기저기서 들려오는 짐승 소리는 불길하고 소름 끼쳤다. 이따금 빈 나무들을 흔들어 대며 불어닥치는 바람 소리는 스산하고 흉흉했다. 아무도 없는 새벽이면 그것들이 어떻게 들릴지 상상하고 싶지도 않았다. 처음에는 영 믿기지 않았던 멧돼지도 이제는 정말 내려올 수 있겠다는 생각이 들었다. 반장과 인부들의 무관심도 마찬가지였다. 전에는 그저 그런 사람들이라고 생각했다. 식당 밥처럼 별로 기대하지 않았다. 수동적이고 사소한 것에 집착하는 사람은 어느 현장에나 있었다. 아니, 생각보다 많았다. 하지만 이제는 어떻게 저 정도로 무심하고 무정할까 싶은 생각이 들었다. 어쨌거나 한 반에서 일했던, 골칫덩어리였다고는 해도 인부들에게는 늦둥이 막냇동생이나 조카뻘 나이의 선길인데.

감정이 넘치거나, 굴착기 일이 편해 남 걱정이나 할 여유가 있어서는 아니었다. 중장비인 만큼 항상 사각이 있었고 슬쩍 치기만 해도 큰 사고로 이어질 수 있었다. 현경은 늘 사방을 주시했고 특히 사람과 함께 일할 때는 신경을 바짝 곤두세웠다. 밑에서는 조심들 한다고 하는데도 위에서 보면 턱없는 경우가 허다했다. 소장이 공사를 서두르고 반장이 인부들을 죄어 붙이면서 그런 상황이 더욱 빈번해지고 있었다. 게다가 소장은 안전 관리를 말로만 하는 사람이었다. 흙막이 공사도 그랬지만 인부들이 안전화가 아닌 운동화를 신고 안전모 대신 털모자를 쓰고 있어도 아무 말 하지 않았다. 매번 같이 나오는 감리라는 인간도 뒤로 뭘 받아먹었는지 똑같았다. 휙 한 번 돌아보고는 자재에 고임목 왜 안 받쳐 놨냐는 한갓진 지적이나 하고 가 버렸다. 숙소에 돌아오면 몸이 녹아서 흘러내릴 것처럼 피곤했다. 운전석이 아직도 엉덩이에 붙어 있는 것 같고 엔진의 진동이 뼈에 스며 있는 것 같았다. 너무 피곤해 선잠이 들었을 때는 자신도 모르게 몸을 휙휙 돌리듯 들썩거리는 일도 흔했다. 스윙이라고 하는 차체 회전이 몸에 남아 있어서였다. 하지만 그런 날에도 벽이 보였다. 선길의 방과 맞닿은, 허전하고 썰렁해진 벽이. 아픈 아들에게 말하는, 다정하고 나긋하던 선길의 목소리와 그 대화가 주던 나름의 온기가 있었다. 더는 아무 소리도 넘어오지 않게 된 지금이 되니, 그랬다는 것을 현경은 부정할 수 없었다. 그것을 의식할수록 모호한 미안함과 죄책감은 점점 선명해졌다. 직접 말했으면 애초에 이런 일이 없게 할 수 있었는데. 별것 아닌 일이었는데, 정말 별것도 아닌 일이었는데.

하지만 그런 마음이 들수록 어차피 사람이란 이기적이고 타인에게 무관심할 뿐이라며 더욱 치워 버리고 싶기도 했다. 현경은 종종 멀리 선길이 보이면 괜히 머뭇거리거나 다른 길로 돌아갔다. 왜 이러지? 하면서도 그랬다. 그러면서도 선길의 걱정을 아예 안 하지는 못했다. 반장이나 인부들과는 다르고 싶은, 감정의 허영 따위가 아니었다. 어쨌거나 선길은 벽으로, 또 넘어오던 그 통화로 맞닿아 있던 사람이었다. 그저 고개만 까딱하고 지나치는 다른 인부들과 똑같을 수는 없었다. 해결책은 선길이 현장에 돌아오는 것이라고, 현경은 생각했다. 그것밖에 없었다. 다시 이전으로 돌아간다면 이 께름칙한 미안함과 죄책감도 사라질 것이다. 마침 현장도 눈코 뜰 새 없이 바쁘니 자연스러운 귀결이기도 했다. 차라리 선길이 다 그만두고 떠나거나.

"반장은 선길 씨 데리고 올 생각이 아예 없는 거예요?" 잠시 쉬던 오후에 현경은 목 씨에게 물었다.

목 씨는 참으로 나온 캔 커피를 한 모금 마셨다. "생각이야 굴뚝같지. 근데 소장이 빌려 달라고 한 것도 아니고 제 손으로 갖다 바친 데다 먼저 뱉어 놓은 말도 있으니, 그게 되나."

"그냥 다시 쓰겠다고 하면 되잖아요. 지금 바쁘다고, 손이 부족하다고."

목 씨는 시선을 피했다. "나일 먹을수록 그게 말처럼 쉽지가 않아. 어쨌거나 반장이고, 잡부가 아니잖아." 들키기 싫은 것이었다. 아쉬운 소리를 할 만큼 가진 게 없는 처지와 능력을. 나이를 먹고 자리가 생기면 그렇게 됐다. 그럴수록 허울 같은 체면밖에 남는 것이 없었지만.

"선길 씨는 그만둘 생각이 없대요?"

"못 하지. 안 그래도 그제 잠깐 얘기해 봤는데." 목 씨는 고개를 저었다. "오기 전에 회사 면접도 몇 군데 봤는데 안 됐다나 봐. 나이도 직급도 꽉 찬데다 애도 아프니 답이 안 나오는 거지."

현경은 답답한 한숨을 내뱉었다. 선길은 이럴 수도 저럴 수도 없었다. 께름칙한 미안함과 죄책감을 느끼는 자신 역시 이럴 수도 저럴 수도 없다는 뜻이었다.

"하나밖에 없어."

현경은 목 씨를 쳐다봤다.

"멧돼지." 목 씨는 공허한 목소리로 말했다. "그놈이 내려와 주는 수밖에 없어. 그걸 때려잡든 덫을 놔 잡든 어떻게든 잡는 수밖에는. 그러면 선길이는 되는 거야. 소장도 아무 소리 못하고 반장도 얼씨구나 받아 줄 거고 선길이 따돌린 윤 가도, 다른 영감들도 아무 소리 못할 거고. 함바집에서는 선길이한테 절이라도 해야 할 거고."

"진짜 멧돼지를, 새벽에 혼자 있는 선길 씨가 도대체 무슨 수로 잡아요!"

"그러면 선길이가 잡을 수 있는 멧돼지가 내려와야 되는 거지." 목 씨는 흐릿한 한숨을 내뱉었다. "정말 웃기지도 않지. 밥 같잖은 밥이 나오더니 일 같잖은 않은 일을 시키고 일 같잖은 일을 하게 되더니 이제 멧돼지 같잖은 멧돼지를 기다려야 돼. 근데 자식 아프고 딴 데 갈 수도 없는 선길이는 다른 도리가 없는 거야."

현경은 어떻게 이런 일이 있냐는 듯 목 씨를 봤다. 납득할 수 없었고 이런 걸 납득하면 안 될 것 같았다. 하지만 그것이 현실이었다. 어디에도 없는 소장의 멧돼지가 만든 현실.

2주 차가 되면서, 한 대리는 휴게실에 종종 간식거리와 음료들을 넣어 놨다. 핫팩도 챙겨 주고 발을 쬘 수 있는 소형 전열기 하나도 갖다 놨다. 간식과 음료, 핫팩은 회사에서 구매하는 지급품이었지만 소형 전열기는 한 대리가 직접 인터넷으로 구매한 것이었다. 가끔씩은 일부러 가장 마지막에 퇴근해 공유기와 중계기를 켜 놓고 가기도 했다. 다음 날 소장이나 위에 차장들에게 갈굼을 당하면서도 그렇게 했다. 모든 것을 아는 한 대리는 미안했다. 그래서 망설이던 끝에 소장에게 이제 그만 선길을 현장에 돌려보내자고 건의도 했다.

소장은 서류를 넘기며 반장이 뭐라 하더냐고 되물었다. 그런 것이라면 나름 또 계획이 있었다. 선길 없이도 이 정도는 해 왔으니 이제 푹 절인 배추 같은 선길을 보내 주면 그보다 더, 이 정도까지는 할 수 있지 않겠냐고 말해 볼 만했다. 당연히 말대로 된다는 법은 없었다. 하지만 말을 해 놓는 것, 그것으로 어느 정도라도 그렇게 해 보겠다는 답을 들어 놓는 것은 요긴했다. 일단 말을 뱉어 놓으면 알아서 하려고 들기 때문이다. 소장은 노예주의자가 아니었다. 사람들은 노예를 부려 본 적이 없어 잘 모르는 모양이지만 시키기만 해서는 능률이 안 오른다. 인간이란 뭐든 자기 스스로 움직여야, 그렇다고 착각이라도 해야 효율을 낸다. 부려 보면 안다. 그래서 한 대리가 반장이 뭐라고 한 것이 아니라 자신이 생각해서 말한 것이라고 했을 때 소장은 확 짜증을 냈다.

한 대리는 소장이 무서웠지만 꾹 참아 내며 준비한 대로 말했다. 한창 바쁘고 모두 열심히 하고들 있는데 사람이 하나 더 늘면 사기도 오르고 그만큼 성과도 더 나지 않겠냐고, 그렇게 하는 것이 소장님이 평소 늘 강조하신 관리자의 역할이자 책임인 것 같다고. 하지만 말도 어조도 뒤로 갈수록 흐릿하게 뭉개졌다. 소장이 무슨 돼먹잖은 소리를 지껄이냐는 얼굴로 쳐다보고 있었다.

"인마, 해 줄 거 다 해 주고 챙겨 줄 거 다 챙겨 주는 게, 그게 관리야? 그게 시중드는 거지, 관리야? 해 줄 거 다 해 주고 챙겨 줄 거 다 챙겨 줘야 일하겠다는 놈은 아무 일도 안 하겠다는 놈이야. 관리는 그런 놈들부터 제일 먼저 솎아 내는 게 관리고. 걔네들은 관리가 안 되니까! 황 반장도 그런 놈이니까 내 진즉 솎아 낸 거야. 알겠어? 그런 놈들은 해 주고 챙겨 줄수록 지가 상전인 줄 안다고. 아쉬운 게 있어야, 뭐 하나 빠지고 부족한 데가 있어야, 그걸 내가 쥐고 흔들 수 있어야 관리가 되는 거야."

한 대리는 말문이 막혔다. 하지만 이번에는 명백한 거짓말이 있었다. 한 대리는 탄원하듯 소장을 봤다. "그게, 그게 없잖습니까……."

소장은 기가 찬다는 듯 한 대리를 쳐다보다가 피식 웃었다. "네가 어떻게 알아?"

"네?"

"저 산에 정말 멧돼지가 한 마리도 없는지 있는지 네가 알아? 산 타고 다니면서 찾아보기라도 했어? 정말 오늘 밤에라도 멧돼지가 내려오면 어떻게 할 거야? 내일이라도, 아니면 모레라도 내려와서 비닐하우스 작살내면 어떻게 할 거야? 네가 책임질 거야?"

한 대리는 아무 대답도 할 수 없었다.

"봐라, 너부터 당장 그러고 있잖냐. 책임은 지는 게 아니야. 지우는 거지. 세상에 책임질 수 있는 일은 없거든. 어디에서 무슨 일이 벌어질지 모르니까. 멍청한 것들이나 어설프게 책임을 지네 마네, 그런 소릴 하는 거야. 그러면 너나 할 것 없이 다들 자기 짐까지 떠넘기고 책임지라고 대가리부터 치켜들기나 하거든. 텔레비전에서 정치인들이 하는 게 다 그거야. 책임을 지는 게 아니라 지우는 거, 자기 책임이라는 걸 아예 안 만드는 거. 걔들도 관리자거든. 뭘 좀 아는."

소장은 흡족하게 웃었다. 즉흥적으로 한 말이었지만 퍽 마음에 들었다. 멧돼지를 떠올렸던 그때처럼.

4

다시 2주가 흘렀다. 다행히 준서의 수술 일정은 밀리지 않
았고 수술도 예정된 교수가 집도하기로 했다. 소아암으로 유
명한 대학병원에 교수도 뇌종양 수술 권위자라고 해서 날짜
가 밀리거나 집도의가 바뀌지 않을까 선길은 노심초사했다.
자주 있는 일이라고들 했다. 병원에 아는 사람이 있거나 돈
많은 사람들이 새치기를 하는 경우가 자주 있다고. 실제로 그
런지는 몰랐지만 없는 형편이라 그런 생각도 하지 않을 수 없
었다.

그때쯤 선길의 모습은 몰골이라는 말이 부족하지 않았다.
수술뿐 아니라 일정, 집도의처럼 수술에 관한 온갖 일들까지
다 애를 태웠고 멧돼지만 기다리며 혼자 새워야 하는 밤은

오직 그렇게 애를 태우는 일에만 한없이 관대했다. 끝없이 밑으로 파 내려갈 뿐이라고, 아무 소용 없이 소모될 뿐이라고 생각하면서도 선길은 멈출 수 없었다. 흉흉한 산바람이 불길한 예감을 풀무처럼 지폈다. 괴기한 짐승 소리들이 자기가 지르게 될 비명 같았다. 돌연한 정적이 돌이킬 수 없는 의사의 선고 뒤에 내려앉을 침묵 같았다.

멧돼지에 대해서도 마찬가지였다. 한 달이 되도록 오지 않는 멧돼지라면 보통 사람은 없다고, 안 올 모양이라고 방심할 테지만 선길은 반대였다. 어제 안 왔으니 오늘은 올 것 같았다. 오늘 안 오면 내일은 반드시 올 것 같았다. 그놈이 언젠가는 분명 내려오고 말 것 같았다. 선길은 몽둥이, 오함마, 빠루 따위를 휴게실에 하나둘 가져다 났다. 한 대리 같은 미련퉁이도 이렇게 저 스스로 알아서 배우고 써먹을 생각을 하지 않나. 곤두선 신경 탓에 선길은 잘 먹지도 못했다. 아침은 식당에서 몇 술 떴지만 점심은 빵 하나와 우유 하나로 때웠다. 한동안은 그래도 몸을 생각해 면내 식당에서 사 먹었지만 이제는 맛도 모르겠고 속만 불편했다. 저녁은 휴게소에서 먹는 컵라면이 전부였고 가끔은 그것마저 생각이 없어 건너뛰었다.

수술이 있던 목요일 오후, 밤을 샌 선길은 출근한 반장에게 집에 좀 다녀오겠다고 말했다. 수술이 있다고 말하지는 않았다. 그러고 싶지 않았다. 처음 애가 아프다는 이야기를 했을 때도 병명이나 구체적인 상황을 말하지 않았다. 적어도 선길의 경험으로는 그런 이야기를 해서 좋았던 적이 한 번도 없었고 반장 역시 고개를 주억거릴 뿐 더 묻지 않았다. 어쩌다목 씨에게 사정을 이야기했을 때도 다른 사람에게는 아무 말하지 말라고 했다.

아무것도 모르는 반장은 미심쩍은 눈으로 선길을 쳐다봤다. 혹시 도망갈까 싶어서. 하지만 수척해진 모습이 보였고(반장에게는 그 정도로만 보였다.) 그동안 좀 무심했다는 생각이 들었다. 누그러진 목소리로 반장은 무슨 일이 있냐고, 어디 아프냐고, 혹시 애 때문이냐고 물었다. 선길은 긍정도 부정도 하지 않은 채 일이 좀 있다고, 주말까지 좀 다녀왔으면 싶다고말했다. 이유를 분명히 말하지 않자 불쾌해진 반장은 냉담하게 그러라고 말했다. 묵례하는 선길에게 일요일 저녁에 회식이 있으니 일찍 오라며 전화기는 꼭 켜 두라고 말했다. 도망가지 말라는 뜻이었다. 선길은 대꾸 없이 고개만 한번 더 숙여 인사했다.

퇴근 차량을 타고 숙소로 돌아가는 선길의 마음은 복잡했다. 이대로 영영 떠나고 싶었다. 수술이 잘되면 잘되는 대로,잘 안 되면 안 되는 대로. 하지만 그럴 수 없는 처지였다. 지금부터 구정까지는 어디라도 자리가 안 났다. 모두 무슨 일이 있어도 구정까지 꾹 참고 버텼고 자신도 결국 돌아올 수밖에 없었다. 수술이 잘되면 잘되는 대로, 안 되면 안 되는 대로. 준서가 어떻게 되지 않는 한은.

울음이 비져 나왔다. 차라리 어서 왔으면, 어떻게든 결판이 나 버렸으면 했던 수술이 정말 코앞이었다. 이제는 무슨 일이든 일어날 수 있었고 어떤 일이 일어나도 돌이킬 수 없었다. 그것이 너무 실감 났다. 무서웠다.

조회 때 반장은 선길이 집에 좀 다녀오기로 했다고 공지했다. 전날 소장에게서 들은 회식 소식도 전달하며 선길도 일요일에는 일찍 돌아올 것이라고 굳이 덧붙였다. 그렇게 말하면 선길이 도망갈 마음을 먹었다가도 돌아올 것처럼. 인부들은 심상찮다고들 생각했다. 도망치는 사람들 대부분이 그렇게 사라졌다. 집에 일이 있어 며칠 다녀오겠다고. 그런 다음 전화도 안 받고 문자메시지에도 답이 없다가 입금일이 다가오면 반장이나 그나마 친분 있던 인부들에게 연락을 했다. 언제 얼마나 들어오는 거냐고. 그런 짓은 나이가 많든 적든 똑같았다. 회식 소식에는 아무도 관심이 없었다. 밥도 못 먹을 정도만 면한 수준인데 오죽할까, 이전에도 그랬던 것처럼 냉동 삼겹살이나 몇 점 나오고 말 것이라고들 생각했다. 인부들은 안전삼창을 하고 먼지 낀 장갑을 탁탁 털어 손에 낀 다음 작업 채비를 시작했다.

토요일이 되자 반장은 초조한 기색을 드러냈다. 선길이 전화를 받지 않고 문자메시지에도 답이 없자 아무래도 도망친 것 같아 반장은 속이 쓰렸다. 돈도 돈이지만 소장에게 보내놨는데 도망을 쳤으니 체면이 안 살았다. 선길이 가던 날 상황을 애기했을 때 소장이 슬쩍 지어 보였던 비웃음이 떠올랐다. 유 반장, 겨우 그 정도냐는 듯한. 반장은 선길이 괘씸하면서도 수시로 핸드폰을 꺼내 확인했다. 혹시 답이 왔는지, 전화가 오지는 않았는지. 하지만 감감무소식이었다. 반장의 속을 헤아린 윤 씨는 도망칠 거 같으면 벌써 도망쳤지 왜 이제 와 그러겠냐고, 때 되면 알아서 올 것이니 아무 걱정 말라고 했다. 반장은 신경도 안 쓰고 있었다면서 시치미를 뗐지만 속으로는 틀린 말이 아닌 것 같아 적이 안심이 됐다. 그러고도 다시 한번 핸드폰을 꺼내 봤지만.

목 씨는 오전을 사무소 창고에서 보냈다. 자재들을 점고 중이었다. 원래 한 대리가 할 일이었지만 번번이 어긋나 반장이 목 씨에게 시킨 일이었다. 목 씨는 기가 찼다. 30년 넘게 안 해 본 일 없이 다 해 보며 온갖 현장을 겪어 봤지만 이렇게 관리가 안 되고 소장이고 공사대리고 일 안 하는 현장은, 그것도 요즘에는 드물었다. 하지만 그런 생각을 한들 달라지는 것은 없었다. 목마른 놈이 우물 판다고 급한 쪽은 시키는 소장이 아니라 해서 돈을 집에다 갖다줘야 하는 인부들이었다. 원래

대로라면 응당 발주처에도 묶이고 회사에도 묶인 소장이 더 바빠야 할 텐데, 몸이 달아서 어떻게든 이것도 저것도 해 주려고 해야 할 텐데 안 그랬다. 항상 반대로 돌아갔다. 이상하지만 살아 볼수록 세상이라는 게 그랬다.

그것을 잘 아는 소장은 이번에도 뭔가를 하나 벌이고 있었다. 사람들의 예상과 달리 소장은 아주 거한 회식을 준비 중이었다. 노래방 기계도 대여했고 벽과 천장에 빙글빙글 돌아가는 조명까지 설치시켰다. 연말이고 그동안 모두 수고 많지 않았냐는 말은 물론 핑계였다. 군청 직원을 통해 돼지 두 마리를 거저나 다름 없는 가격에 구할 수 있었기 때문이었다.

창고에서 나오던 목 씨는 한 대리의 트럭이 들어오는 것을 봤다. 뒤에 실린 것은 생뚱맞게 돼지였다. 도축해 피와 내장만 뺀 통돼지였고 옆에는 아마도 내장 따위가 담겼을 커다란 통도 두 개 있었다. 호기심에 목 씨는 차를 따라 식당 뒤로 갔다.

한 대리는 식당 여자에게 된소리를 듣고 있었다. 여자는 소장님에게 말은 들었지만 이걸 이렇게 가져오면 어떡하냐고, 여기 여자들밖에 없는데 누가 옮기고 재단은 어떻게 하냐며 짜증을 냈다. 소장에게 부리고 싶은 것까지 아낌없이 보탠 짜증이었다. 항상 소장이 시킨 대로 하는, 그리고 늘 시킨 대로만 하는 한 대리는 당황한 얼굴로 죄송하다는 소리만 되풀이하고 있었다. 목 씨 역시 그런 한 대리 때문에 자기 일도 아닌

일까지 떠맡아 하고 나온 길이었지만 일전에 식판 사건 이후로 서로 벌레 보듯 하게 된 식당 여자 앞이라 시치미를 뚝 떼고 말했다. 안 그래도 언제 오나 싶었다고, 얼른 같이 옮기자고. 뜻밖의 도움에 한 대리의 얼굴에 화색이 돌았다.

아주 큰 놈은 아니지만 그래도 돼지는 돼지였고 규격품도 아니었다. 생전 잡아본 적 없는 통돼지를 두 사람은 땀을 뻘뻘 흘려 가며 이렇게 붙잡았다 저렇게 붙잡았다 해서 간신히 옮겼다. 하지만 부산물 통까지 다 넣어 주고 나오는 목 씨의 얼굴은 개운치 않았다. 아무리 생각해도 이상했다. 연말 회식이라지만 좀팽이 소장이 돼지를 무려 두 마리씩이나 구입한 것도 그렇고 그사이 이리저리 살펴봐도 당연히 찍혀 있어야 할 검사 도장이 보이지 않았다.

목 씨는 이거 어디서 가져 온 거냐고 물었다. 한 대리는 읍 이름을 댔다. 목 씨는 고개를 갸웃거렸다. 차로 두 시간은 족히 걸리지 않냐고, 뭐 하러 거기까지 가서 받아 왔냐고 다시 물었다. 한 대리는 소장 아는 분이 있어서라고 둘러댔지만 표정에 당황한 기색이 역력했다. 읍 이름이 낯설지 않던 목 씨는 얼핏 아침에 본 뉴스가 떠올랐다. 아프리카 돼지열병이 다시 돌아 살처분을 시작했다는 곳이었다. 멧돼지도 열병이 걸리냐며 그러면 이쪽으로도 좀 넘어와서 멧돼지들 싹 죽어 버렸으면 좋겠다고 농담했던 것 때문에 기억하고 있었다. 목 씨는 한 대리를 똑바로 쳐다보고 물었다. 그거 아니냐고. 한 대리는 우물쭈물하던 끝에 말했다.

"익혀 먹으면 괜찮대요······."

목 씨는 탄식했다. 소장 이 새끼, 하는 소리가 자신도 모르게 뱉어졌다. 한 대리는 아무한테도 말하지 말아 달라고, 정말 익혀 먹으면 괜찮다고 뉴스에서도 보고 검색도 해 봤다면서 사정했다. 목 씨는 한숨만 푹푹 내쉬었지만, 결국 알았다고 했다. 무슨 큰일이라도 나는 것처럼 사정사정하는, 아들놈보다도 어린 한 대리가 안돼 보였고 한 대리의 잘못도 아니었다. 무엇보다 알아 봐야 다들 기분만 더러울 뿐 아무 득 될 게 없었다. 다 그만두고 현장을 떠날 것도 아니지 않은가. 안심이 안 되는지 두번 세번 아무한테도 말하지 말라고 하는 한 대리를 목 씨는 알았다고, 걱정 말라고 다독여 주듯 달랬다.

목씨는 정말 아무에게도 말하지 않았다. 그런 사람이었다. 이 현장 저 현장 구르며 세상이 계약서처럼 돌아가지 않는다는 것을 수없이 보고 겪은 사람, 젊었을 때는 자기만 한 일꾼 구해 볼 수 있으면 어디 구해 보라며 빳빳이 고개를 치켜들고 다녔지만 이제는 깎이고 닳아 둥글넙적해진 바위가 된 사람. 노가다를 했지만 감히 노가다나 한다고 말할 수 없게, 무엇을 시켜도 시킨 것 이상으로 해내서 아무도 시키는 대로 하라 말할 수 없게 일해 왔지만 그것으로는 고작 자신을 지킬 수만 있을 뿐이었다. 바위는커녕 살고 겪을수록 작고 동글 동글한 하천의 조약돌밖에, 아니 어느 때는 모래알 한 톨밖에 안 돼 보이는 자신과 자신의 가족을.

다만 오후에 현경에게는 귀띔했다. 회식 때 돼지고기가 나올 건데 입에 대지 말라고. 병 걱정 때문이 아니라 소장의 수작이 더럽고 졸렬해서였다. 현경이 왜 그러냐고 물었지만 아무튼 먹지 말라고 했다. 현경은 더 묻지 않고 짐짓 쾌활하게 말했다. 원래 돼지고기 안 좋아한다고, 자긴 고급이라 쇠고기만 먹는다고. 목 씨는 피식 웃었다. 현경도 씁쓸히 웃었다. 마음이 자꾸 가라앉아 억지로 해 보는 농담이었다.

"수술은 잘됐나 모르겠네요. 연락 받으신 거 있어요?"

목 씨는 고개를 저었다.

"뭘 저렇게들 떠들까요. 아는 것도 없으면서, 남의 일에." 현경은 윤 씨 주변에 둘러앉아 떠들고 있는 인부들을 보며 말했다. 들리지 않았지만 대충 짐작이 갔다. 선길이 도망갔나 안 갔나, 그것 때문에 반장이 소장에게 얼마나 곤란할지 말지 하는 그런 이야기. 윤 씨는 반장과 있을 때는 반장의 비위를 맞췄지만 인부들과 있을 때는 인부들 구미에 맞게 이야기했다. 그렇게 주목받고 주도하는 것을 즐기는 사람이었다.

"남의 일이니까, 다 가진 게 없으니까 그런 거지. 겸손이니 뭐니 해도 자기 자랑하는 게, 남 부러움 받는 게 얼마나 재

있는데. 다 없으니까, 남 일이니까 자기 얘긴 안 하고 못 하는 거야. 남 없을수록 자기 없는 게 덜 없어 보이고 남 못날수록 자기 못난 것도 덜 못나 보이니까."

"그것도 남 얘기 같은데요?" 현경은 다시 농담했다. 그러고 싶었다. 선길의 모습이 떠올랐다. 지난 며칠은 정말 못 볼 꼴이었다.

목 씨도 피식 웃었다. 그렇게라도 웃고 싶다는 듯. "그래, 내가 뭘 할 말이 있냐. 똑같지. 처음에 선길이 사정 물어보지도 않고 그렇게 들볶아 댔는데."

"어쩔 수 없잖아요. 사람이 다 이기적인데." 그 말은 목 씨를 감싸 주는 말이기도 했지만 스스로 자신을 변호하는 말이기도 했다.

목 씨는 고개를 저었다. "그건 이기적인 게 아냐. 자기를 중심에 놓는 거지. 나한테 이로운 걸 하는 건 남도 그럴 수 있다는 거지만, 날 중심에 놓는 건 남은 그러면 안 된다는 거거든. 그건 다른 소리야."

현경의 얼굴에서 옅은 웃음기가 사라졌다. 목 씨의 말이 턱 걸리는 느낌이었다. 별것 아닌 일은 하지 않은 것이 아니라 못한 것이라는 생각이 들었다. 그래서 선길을 마주칠 때마다 머뭇거리거나 피한 것이라고, 께름칙한 미안함과 죄책감도 사람들이나 상황에 탓하고 미루려 하기만 했다고. 별것 아닌 일도 못한, 별것 아닌 자신을 감추고 잊어버리려. 현경은 조금 전 은연 중에 자기를 변호하려고 했던 것까지 포함해, 자신이 아주 작고 하찮은 존재가 된 기분이 들었다. 싫었다. 하지만 그것이 사실이었다. "선길 씨, 돌아올까요?"

"누가 알겠어. 차라리 안 왔으면 싶다만, 그래도 왔으면 싶기도 하고. 어쨌거나 수술은 제대로 됐다는, 최악은 아니라는 뜻이니까."

최악이 무엇인지는 말하지 않아도 알 수 있었다. 현경은 자신의 굴착기를 바라봤다.

사무실 앞에서 한 대리에게 작업보고를 받던 소장은 현경의 굴착기가 들어오는 것을 봤다. 주차장에 정비하러 온 모양이라고 생각해 신경 쓰지 않았다. 하지만 현경의 굴착기는 그대로 안마당까지 올라왔다. 굴착기를 세운 현경이 훌쩍 뛰어내렸다.

소장은 고개를 끄덕이며 현경의 인사를 받았다. 무슨 일인지 궁금했지만 묻지 않고 쳐다봤다. 아랫사람을 대할 때 습관이었다. 현경은 작업을 하고 싶다고 말했다. 비닐하우스 주위에 해자처럼 파면 멧돼지도 못 덤빌 거고 선길 씨도 보초를 그만 서도 되지 않겠냐며. 별것 아닌데다 금방 하는 일이니 허락해 주시면 지금 가서 바로 하겠다고 말했다. 흥미로웠다.

왜 갑자기? 소장은 부드럽게 웃으며 다시 이유를 물었다. 그걸 왜 서 기사가 나서서 하고 싶은 것인지. 소장은 그렇게 조금씩 캐어 들어 가며 현경의 속내를 파고 약점을 찾을 생각이었다. 반장에게 그랬던 것처럼.

현경은 전혀 대비가 돼 있지 않았다. 그리고 역시나 소장을 마주하자 원래부터 싫고 피하고 싶던 그 감정부터 느꼈다. 그러다 보니 피상적이고 설득력 없는 말밖에 안 나왔다. 하지만 소장은 딱 잘라 거절하지도, 듣는 둥 마는 둥 하지도 않았다. 오히려 더 궁금하고 관심이 간다는 듯 추임새를 넣었다. 현경은 자기도 모르게 자꾸 무슨 말이라도 더 해야 할 것 같은 압박감을 느꼈다. 그러던 중에 한 대리가 불쑥 끼어들었다.

사실 자기가 부탁했다고, 아까 오후에 잠깐 와서 작업해 주실 수 있는지 물었는데 이렇게 와 주신 거라고. 한창 재미있게 돼 가고 있던 소장은 뭔 소리냐는 듯 한 대리를 쳐다봤다. 한 대리는 잔뜩 긴장한 얼굴로 선길 씨 없는 사이 갑자기 멧돼지가 내려오면 큰일이겠다 싶어서 부탁드렸다고, 늘 강조하시던 그 선제적 대응이라는 걸 하려고 그랬다고, 떠오르는 대로 이 말 저 말 갖다 붙였다.

이게 미쳤나? 멧돼지가 어딨다고 멧돼지 타령이야? 소장은 황당하다는 듯 한 대리를 쳐다봤다. 슬쩍 보니 현경도 적잖이 당황하는 표정이었다. 대체 무슨 상황이지 싶던 소장의 얼굴에 돌연 끈적한 웃음이 번졌다. 소장은 뭔지 알겠다는 듯, 요놈 봐라 싶은 눈으로 한 대리를 쳐다봤다. 들척지근하게 웃으며 물었다. 그랬어? 정말 네가 부탁한 거야, 네가? 한 대리는 시선을 피하며 그렇다고, 정말 자기가 부탁했다고 했다. 거짓말을 들킬까 봐 그런 것이었지만 오히려 소장에게는 확신의 근거가 됐다. 수줍어하는 것이었다. 꼴에!

둔해 터진 놈인 줄 알았는데 아니었다. 그새 약삭빠르게 배워서 자신을 따라 하고 있었다. 있지도 않은 멧돼지 핑계로서 기사를 불러다 어떻게 한번 해 보려고. 소장은 귀여워 죽겠다는 듯 한 대리를 쳐다봤다. 웃긴 놈, 뭐? 선제적 대응? 기분은 좋았다. 남녀 맺어지는 일이야 당연히 좋은 일이지만 드디어 한 대리가 뭐라도 하나 배운 것 같아서였다. 그렇게 가르쳐도 소귀에 염불이더니 역시 인간이란 스스로 뭔가 하고 싶어야 했다. 서 기사 같은 미끼가 있으니 저 스스로 알아서 배우고 써먹을 생각을 하는 것이었다. 그나저나 멧돼지는 정말 대단했다. 인부들 불만을 잠재웠을 뿐 아니라 반장 코도 꿰어 줬고 이제는 만남까지 주선했다. 아, 생각할수록 재미있고 천재적인 발상, 영감이었다. 비록 서 기사 표정을 보니 썩 잘될 것 같지는 않았지만. 소장은 그래서 더욱 한 대리를 응원해 주고 싶은 마음이 들었다.

소장은 뜬금없이 고개를 크게 끄덕거리며 아주 믿음직스

럽다는 듯 한 대리의 팔을 두드렸다. 잘했다고, 그게 바로 선제적 대응이라고. 요즘 부쩍 성장하는 것 같아 아주 마음에 드니 계속 열심히 해 보라고. 난데없는 칭찬에 한 대리는 어리둥절했고 현경은 진즉부터 상황이 도대체 어떻게 굴러가는지 모르겠다는 얼굴 그대로였다. 하지만 소장은 그것을 서로 서먹해하는 것이라 여겨 귀엽고 흐뭇하게만 보았다. 소장은 은근한 눈빛으로 서 기사에게 한 대리가 사실 참 괜찮은 애라는 말까지 해 줬다. 현경은 뭐지, 싶으면서도 그럼 작업을 해도 되겠냐고 확인했다. 소장은 하라고, 식당에도 얘기해 두겠다며 작업이라면 얼마든지, 하고 싶은 만큼 하라고 말했다. 작업이라는 단어에 있는 각별한 속뜻까지 전해지길 바라며. 한 대리에게도 말했다. 보고는 됐으니 내일 마저 얘기하자고, 둘이서 어서 가 일들 보라고. 소장은 곧바로 식당에 전화했고 갑자기 무슨 소리냐는 식당 여자의 입을 몇 마디 말로 틀어막았다. 통화를 끝낸 소장은 차 키를 꺼내 들었다. 빨리 사라져 주는 것이 주선자의 예의니까. 물론 그러고도 한번 더 끼고 싶어 출발하기 전 창문을 내렸다. 이번에도 속뜻을 듬뿍 담아 한 대리에게 말했다. "다 관리야, 관리. 한번 잘해 봐!"

소장의 세단이 흙먼지를 일으키며 사라졌지만 두 사람은 여전히 무슨 일이 일어난 것인지 이해하지 못했다. 한 대리는 둔했고 현경은 단서가 너무 없었다. 한 대리와 소장 사이에 뭔가가 있는 것 같았지만 현경은 물어도 대답해 줄 것 같지 않았고, 하려는 일도 따로 있었다. 한 대리는 혹시 도와드릴 것이 있는지 주춤거리며 물었다. 현경은 혼자 할 수 있다고 말했다. 가볍게 인사를 나누고 한 대리는 사무실로 가고 현경은 굴착기에 올라탔다.

굴착기의 팔이 비닐하우스 옆 흙을 파 들어갔다. 깊이는 50전* 정도로 맞췄다. 기준은 앞에 달려 있는 바가지였다. 현경은 바가지의 높이, 폭, 길이에 바가지 앞에 달린 각 부위, 이를테면 이빨의 길이까지 모두 외우고 있었다. 현장에서 빠르고 정확하게 작업하는 요령 중 하나였다. 현경은 50전을 주자면 바가지 어디쯤을 봐야 하는지 가늠해 둔 다음 일정한 동작과 속도로 한 움큼씩 파 나갔다. 평소에 그러듯 자신이 장비를 움직인다기보다 장비의 일부가 된다는 느낌으로 작업했다. 좁은 공간에 주차할 때와 마찬가지였다. 눈앞에 보이는 것보다 차 지붕 위에서 내려다본다고 생각해야, 정보를 조합해 전체 그림을 상상해서 그려 나가듯 맞춰 나가야 작업이 됐다. 현경은 레버를 잡은 손끝에 감각을 집중했다. 육중한 바가지를 자신의 손처럼 기민하고 섬세하게 움직였다.

작업은 생각보다 꽤 오래 걸렸다. 큰 바위 몇 개가 까다롭

---

* 센티미터를 이르는 공사 용어.

게 박혀 있었다. 늘 그렇듯 생각처럼 쉬운 일은 없었다. 현경은 고민을 하고 공을 들여 작업해야 했다. 결과는 훌륭했다. 정확하고 균일한 깊이에 좌우 사면도 매끈했고 바닥도 평탄했다. 현경은 굴착기에서 내려 한바퀴 둘러봤다. 설명을 듣지 않아도 해자처럼 보였고 왜 여기에 이렇게 해 놨을까 자연스레 생각을 하게 될 만큼 완성도가 있었다.

현경은 개운한 한숨을 내쉬었다. 비로소 낮에 느꼈던 그 하찮고 작은 것이 된 불쾌감을 털어 버릴 수 있었다. 별것 아니라고 여겼던 일을 말끔하게 해치운 자신은 이제 더는 별것 아닌 존재가 아니었다. 선길도 멧돼지나 기다리는 그 일 같잖은 일을 할 필요가 없었다. 소장도 반장도 더는 선길을 공깃돌처럼 손안에 쥐고 흔들 수 없을 터였다. 현경은 선길이 꼭 다시 돌아왔으면 싶었다. 보여 주고 싶기도 했지만 그보다 최악의 상황이 아니기를 바라는 마음 때문이었다. 무탈하게 돌아와 예전처럼 한 시간이든 두 시간이든 아들하고 영상통화나 했으면, 때때로 귀에 들어오는 대화에 자기도 예전처럼 피식피식 웃거나 했으면. 또 짜증도 냈으면. 그런 마음이 아무 거리낌도, 께름칙함도 없이 그저 자연스럽게 들었다. 이 작업은 어쩌면 선길이 아니라 자신에게 필요했던 일이었다는 생각마저 들었다.

현경은 굴착기에 올라가 작업을 마무리했다. 바퀴 앞에 달린 블레이드를 내려 퍼낸 흙과 돌들을 죽죽 밀어 옆에 있는 비탈로 훌훌 흘려보냈다. 굴착기로 할 일을 다 끝내고는 야적장으로 가 굴러다니는 나무판을 하나 들고 와서 드나들 때 다리처럼 쓸 수 있도록 비닐하우스 입구에 걸쳐 놨다. 거기까지 하고 나자 속이 후련했다. 현경은 택시를 불러 숙소로 돌아갔고 컵라면 하나를 먹은 뒤 오랫동안 씻었다. 모처럼 달고 깊게 푹 잤다.

5

일요일 내내 소장은 기분이 좋았다. 인부들에게 넉넉히 인심을 쓸 생각에, 살처분한 돼지 두마리를 거저나 다름없는 값에 가져온 것에. 선길은 걱정거리가 아니었다. 인부들 중 하나일 뿐, 안 오면 다음번 인력 보충할 때 한 사람 더 데리고 오면 그만이었다. 황 반장네 반을 퇴출시키고 새 반을 받으면서 거래를 튼 인력사무소 사장이 마음에 들던 참이었다. 피곤할 때 한 병씩 하시라며 건넨 피로회복제 상자 안에 든 봉투 덕분이었다. 그러고 보면 불경기란 것도 그리 나쁘지 않았다. 다들 일이 없어 스스로 값들을 깎는 판이니. 식당도 근사하게 돌아가고 있었다. 식당 여자에게 강약, 중강약 조절하는 법을 가르쳐 주니 빼먹는 돈도 이전과 별반 차이 없었다. 그렇게 여기 저기에서 빨고 뽑고 당긴 돈으로 손실은 차곡차곡 메워지는 중이었고 남은 것은 공기 만회였다. 그것도 오늘 걸판지게 한번 먹여들 주면 도움이 될 터였다. 통돼지 두 마리, 도대체 어느 공사장에서 이렇게 통 큰 회식을 인부들에게 베풀겠는가. 소장은 여자에게 아끼지 말고 푸짐하고 보기 좋게 차려 내라고 일렀다. 오늘이 꽝 하고 제대로 한번 강박자를 때려 주는 날이라고,

뜻밖의 진수성찬에 인부들은 입이 떡 벌어졌다. 사정을 모르는 사무실 직원들도 마찬가지였다. 달궈진 불판에 생고기들이 척척 올라갔다. 볶고 찌고 삶은 온갖 부위의 고기들이 조리실에서 계속 나왔다. 싱싱한 쌈채와 참기름을 아끼지 않은 파절임, 고기 삶은 육수에 채소와 두부를 숭덩숭덩 썰어 끓인 된장찌개도 비자마자 채워졌다. 밥도 금방 해 윤기가 자르르 흘렀다. 평소에 나오던 밥과 아예 다른 쌀이었다. 인부들, 사무실 직원들 할 것 없이 모두 좋다고 먹고 마셨다.

조명이 빙글빙글 돌며 휘황한 빛을 사방으로 펼치자 더욱 흥이 올랐다. 노래방 기계가 신나게 뽕짝을 반주했다. 소장이 연달아 두어 곡을 맛깔나게 뽑았다. 목소리나 성량은 평범했지만 호흡이 좋았고 노래맛을 가수처럼 잘 살렸다. 어설프게 소장인 척하는 투도 없었다. 오늘 한번 부서지게 놀아 보자는 듯 소장은 춤을 추고 원곡 여가수의 이름을 애인처럼 불

렀다. 땅딸막한 체구로 가사에 맞춘 표정을 짓거나 몸짓을 해 사람들이 배를 잡고 웃게 만들기도 했다. 보여 주려고 하는 것이기도 했지만 소장 본인이 그렇게 노는 것을 즐기는 사람이었다. 이어서 반장들이 노래를 불렀다. 반마다 하나씩 있는 윤 씨 같은 사람들이 추임새를 넣으며 사람들을 일으켜 세웠다. 소장이 한껏 분위기를 띄워 놓은 덕분에 모두 선뜻 박수를 쳐 가며 웃고 노래를 따라 불렀다.

행사장처럼 떠들썩한 식당에서 비교적 조용한 곳은 현경의 반뿐이었다. 반장은 짜증난 얼굴로 핸드폰을 살폈고 윤 씨는 다른 인부들과 함께 웃고 떠들다가도 한 번씩 반장의 눈치를 보고는 조용히 술잔만 비웠다. 목 씨는 놀고 있는 소장을 때때로 욕하듯 쳐다봤고 고기는 손도 대지 않았다. 현경은 고기가 먹음직스럽긴했지만 목 씨가 그러고 있으니 어쩐지 먹을 마음이 들지 않아 채소 쌈만 몇 번 싸 먹고 말았다. 흥이 안 나는 탓이기도 했다. 시간이 흐르고 먹고 마시며 노는 사람들을 보면 볼수록 현경은 선길이 마음에 걸렸다. 오지 않는 선길이 의미하는 바가 잔인할 만큼 명백했다.

한 바퀴 노래가 돌고 나자 분위기는 잔잔해졌다. 조명이 돌아가고 노래방 기계가 옛날 노래들을 연주하는 가운데 소장은 테이블을 돌며 반장, 인부들과 한 잔씩 마셨다. 이른바 대화의 시간이었다. 시간은 제법 늦어 면으로 들어오는 막차도 끊겼을 즈음이었다. 곧 이쪽으로 올 소장에게 할 말이 없어진 반장은 불쾌한 얼굴로 소주를 물컵에 부어 마셨다. 목 씨도 말이 없었다. 체념한 얼굴로 묵묵히 소주잔을 거푸 비웠다. 술이 안 받는 체질이라 평소에는 입만 댔지만 한 번에 한 잔씩 털어 넣었다. 현경은 핸드폰으로 장비 기사들이 모이는 카페에 접속해 아무 글이나 읽어 댔다. 나쁜 생각을 안 하려고 애썼다. 그사이 소장이 옆 테이블에 왔고 그때 식당 문이 열렸다. 선길이었다.

선길은 개 두 마리를 데리고 서 있었다. 두어 살은 족히 돼 보이는 성견들이었다. 한 마리는 누르스름한 털에 진돗개를 닮은 녀석이었고 다른 한마리는 흰색 털에 래브라도 리트리버처럼 귀가 접히고 턱살이 늘어진 녀석이었다. 선길은 긴장한 표정이었지만 낯빛은 환했고 얼굴도 말끔했다. 수술이 잘 됐고 모두 무사하다는 것이 느껴졌다. 현경과 목 씨의 얼굴도 덩달아 환해졌다. 하지만 반장은 짜증이 가시처럼 돋은 눈으로 선길을 쳐다보았다. 지금껏 문자도 없고 전화도 없다가 개까지 두 마리나 데리고 나타났으니 그럴 만했다. 한소리할 생각으로 반장이 일어났고 덩달아 윤 씨도 자리에서 일어났다. 눈치로 알아차린 목 씨가 뒤따라 일어섰다.

하지만 먼저 선길에게 다가간 사람은 소장이었다. 소장은 춤이라도 추는 것처럼 어정어정 몸을 흔들며 걸어갔다. 이것

봐라? 눈에는 오만한 호기심이 반들거렸다. 인사하는 선길을 흘려 버린 소장은 갑자기 무릎을 꿇더니 네 발로 기었다. 장난기 가득하게 엉덩이를 흔들어 대며 두 녀석에게 다가갔다. 흰 녀석은 겁을 집어먹고 뒤로 숨었지만 누런 녀석은 꼬리를 흔들며 앞발을 경충경충 들었다. 소장은 쭈쭈쭈쭈 혓소리를 내며 녀석과 장난쳤다. 인부들은 소장이 노래 부를 때처럼 그 모습을 보고 웃어댔다. 반장과 윤 씨는 못마땅한 얼굴로 소장의 뒤에 서 있었다.

"웬 손님들이신가? 이 이쁜이들은?" 소장은 여전히 무릎 발을 한 채 선길을 올려다봤다.

선길은 잠시 머뭇거리다가 무릎을 굽히고 앉아 말했다. 보호소에서 데리고 왔다고, 멧돼지는 이 녀석들이 지키게 하고 자기는 현장으로 돌아가 일을 하고 싶다고. 윤 씨가 끼어들었다. 그런 생각이 있었으면 왜 연락도 없고 답도 없었냐고, 당연히 반장님과 미리 상의부터 했어야지 이렇게 개부터 다짜고짜 들이미는 게 무슨 경우냐고 말했다. 반장도 기세등등하게 언성을 높였다. 미리 얘기를 해야 소장님하고도 상의를 드렸을 거 아니냐며 도대체 나이가 몇인데 윗물 아랫물 구분도 못 하냐고. 선길은 죄송하다면서 고개를 숙였다. 너무 정신이 없었다고, 일이 많았고 녀석들도 오는데 계속 멀미를 해서 짬이 안 났다고 사과했다. 선길은 반장을 절실하게 바라봤다. 다시 일할 수 있게 해 달라고, 이 녀석들이 대신 멧돼지를 지키도록 하고 자기는 현장에서 일할 수 있게 해 달라고 말했다. 윤 씨가 끼어들며 멧돼지는 벌써 서 기사, 하려는데 소장이 손을 들어 제지했다. 자리에서 일어난 소장은 한심하게 반장과 윤 씨를 쳐다봤다. 어떻게 겨우 이것밖에 안 될까, 어쩌면 이렇게들 촌스러울까. 요즘 세상이 어떤 세상인데. 소장은 고개를 돌려 선길을 봤다. 싱긋 웃었다.

소장은 선길의 손을 턱 잡았다. 잘 왔다고, 환영한다면서 가볍지만 다정하게 애는 괜찮은지 물었다. 선길이 그렇다고 하자 소장은 다행이라는 듯 고개를 크게 끄덕였다. 그러고는 역전의 용사가 귀향하기라도 한 것처럼 선길의 손을 들어 주며 멧돼지 때문에 피해가 극심했는데 선길이 밤마다 보초를 서 줘서 더는 피해를 입지 않을 수 있었다고, 사실 오늘 이 자리를 빌려 꼭 이렇게 소개하고 싶었는데 때마침 와 줬다며 먼저 박수를 쳤다. 사람들이 호응하며 박수를 치자 소장은 반장도 옆으로 불러들였다. 이렇게 할 수 있었던 건 여기 유 반장이 그만큼 현장 전체를 위해 희생했기 때문이라며 치켜세웠고 다시 사람들의 호응과 박수를 유도했다. 박수를 받자 반장은 당황하면서도 내심 좋아 죽는 표정이었다. 그때 다른 반 반장 하나가 두 사람이 그렇게 할 수 있었던 것도 소장님 덕분 아니겠냐고 했다. 그러자 여기저기 동의하는 목소리들이 나왔고 소장에게 박수와 환호가 쏟아졌다. 소장은 겸손한 척 손을 내저었지만 내심 짜릿했다. 미처 생각하지 못했던 말이었다. 소장은 사뭇 진지하게 두 사람을 척 갖다 붙여 세웠다. 서로 잘해 보라고, 앞으로 많이 기대할 테니 현장의 선봉대가 돼 달라고 말했다. 반장은 사뭇 비장하기까지 한 얼굴로 그러겠다고, 맡겨 달라고 했다. 선길은 감사하다고, 이제는 정말 열심히 하겠다고 했다.

소장은 두 사람을 데리고 테이블로 갔다. 술 한 잔씩들을 따라 준 뒤 사람들을 둘러보면서도 모두 잔들 채우라고 했다. 그러고는 잔을 치켜들고 의자 위에 올라섰다. 한 해 동안 수고 많았고 새해에는 더욱 잘해 보자며 먼저 안전 삼창을 했다. 열띤 목소리들이 소장을 따라 안전, 안전, 안전! 복창했다. 소장은 치켜든 잔을 시원하게 비웠다. 높이 서서 모두 자신을 따라 잔을 비우고 캬, 캬거리는 것을 둘러봤다. 술맛보다 더 좋은 것이 바로 이런 것이었다. 모두 자기 발밑에 있는 바로 이 기분! 하지만 더 재미있는 것이 있었다. 바로 멧돼지였다. 처음에는 반장의 코를 꿰어 주고 남녀 만남도 주선해 주더니 이제는 개 두 마리까지 생긴 데다 선길도 현장에 복귀했고 인부들 마음까지 하나로 모아 줬다. 이만하면 보통 멧돼지가 아니라 영물이었다. 현장 어디에도 없지만 현장 모든 것에 빛을 뿌리는 영물, 그게 어디에서 나왔다? 내 머리에서 나왔다!

소장은 반장이 두 손으로 채워 준 소주잔을 가뿐하게 입안에 털어넣었다. 들큰한 소주 맛이 기가 막혔다.

다시 흥이 오른 식당 안에서는 노래방 기계가 신나게 베이스 소리를 울려댔다. 선길은 오함마를 들고 말뚝을 박았다. 자세도, 박히는 모양도 시원찮았다. 마뜩찮게 보던 목 씨가 오함마를 넘겨받더니 직접 박아 넣었다. 한 번 칠 때마다 말뚝이 푹푹 들어갔다. 목 씨는 선길에게 요령을 가르쳐 줬다. 팔이 아니라 어깨를 쓰는 거라고, 두 다리를 땅에 착 붙여서 균형부터 잡고 휘둘러야지 오함마 무게에 몸이 딸려 가면 안 된다고. 현경은 조금 떨어진 곳에서 두 녀석 목줄을 애매하게 잡고 있었다. 어릴 때 물린 적이 있어 개를 안 좋아했다. 두 녀석 모두 현경에게는 별 관심 없이 캉캉 울리는 오함마질만 보고 있었지만.

목 씨가 말뚝 두 개를 모두 박고 나자 선길은 빠루를 들었다. 말뚝에 걸어 조금씩 빼내 헐겁도록 만들었다.

"뭐 하는 거야?" 목 씨가 물었다.

"얘들도 빠져나갈 구멍은 있어야죠. 정말 멧돼지가 내려오면 비닐하우스도 이제는 못 들어갈 거고 얘들한테 덤빌지도 모르는데 그럼 도망이라도 칠 수 있게는 해야죠."

"남 걱정은." 목 씨는 수긍하면서도 눈을 흘겼다. "다 괜찮은 거야?"

선길이 일어서 허리를 쭉 펴며 개운하게 웃었다. "네, 이보다 더 좋을 수 없대요. 마무리까지 깨끗하게 됐다고, 검사는 몇 번 더 해 봐야겠지만 아마 별일 없을 거라고 했어요. 최소한 수술할 일은 없을 것 같다고요." 말하는 사이 선길의 목소리가 잠겼다. 눈시울도 붉어졌다.

"욕봤다." 목 씨는 고개를 주억거리다 한 번 더 말했다. "욕봤어."

"잘해 보려구요. 진짜 이제는 열심히, 잘해 보려구요." 선길은 물기가 반짝이는 눈을 웃었다. "정말 뭐든 할 수 있겠다. 뭘 하든 다 잘할 수 있겠다 싶어요. 그동안 폐 끼친 것도 갚고, 그러려구요. 열심히 해서."

"갚긴 뭘 갚아. 다들 저 할 일들 한 건데. 아무튼 됐다. 다 잘됐어." 목 씨가 한숨을 후 내쉬고는 다시 고개를 주억거렸다. 왔으면 싶었고 무사하니 잘됐지만 한편으로는 걱정이 됐다. 이렇게 서툰 선길이 드센 인부들 사이에서 어떻게 적응해 나갈지, 관리는 뒷전이고 졸렬한 잔꾀나 부리는 소장 소관인 이 현장을 어떻게 헤쳐 나갈지.

선길 역시 생각한 대로 현장에서 복귀할 수 있어 다행스러웠지만 막상 내일부터 시작한다고 생각하니 기대보다는 두려움이 컸다. 익숙한 사무소의 이 밤도 군대 휴가 복귀 후 맞았던 막사의 밤 같았다. 달리 갈 곳이 없어 올 수밖에 없는 곳에 돌아온 것이었다. 그래도 이제는 할 수 있었다. 뭐든 할 수 있을 것 같았다.

나름의 감정과 생각에 젖어 있는 두 사람에게 현경이 꺼림칙한 목소리로 말했다. "다 하셨으면 이제 애들 좀 어떻게 해 주시면 안 될까요?"

다음 날 현장으로 출근한 선길은 이전과 차림새부터 달랐다. 다른 인부들이 그렇듯 안전모 대신 검정 니트 모자를 썼고 신발도 지급받은 싸구려 안전화가 아니었다. 비싼 것은 아니지만 따로 구입한, 일반 등산화였다. 장갑 역시 배급받는 일반 목장갑이 아니라 고무 코팅 장갑이었다. 작업복 안에도 지급 나오는 안전조끼 대신 다른 인부들처럼 경량 패딩을 입고 있었다. 처음 왔을 때처럼 고지식하고 어색한 인상은 전혀 들지 않았다. 적당히 편하고 모양도 낸, 제법 현장 밥 좀 먹은 인부처럼 보였다.

겉모습만 바뀐 것이 아니었다. 선길은 더는 머뭇머뭇거리며 작업을 피하거나 슬그머니 사라지지 않았다. 반장이나 윤 씨가 부르면 즉시 뛰어갔고 수시로 사람들 눈치를 살피며 움직였다. 필요해 보이는 공구나 자재가 있으면 먼저 움직여 가져왔고 동선도, 이를테면 예전처럼 터파기 해 놓은 곳을 빙 둘러 가는 것이 아니라 다른 인부들처럼 훌쩍 뛰어서, 재빠르게 움직였다.

며칠 지나지 않아 인부들은 선길을 대놓고 찾았다. 현장 여기저기에서 선길아, 선길아, 부르는 소리가 끊이지 않았다. 마흔 중반의 선길은 네, 네, 대답하며 환갑 언저리 인부들의 부름을 받아 현장 곳곳을 누볐다. 덕분에 손이 하나가 아니라 두 개, 세 개가 더 들어온 것처럼 현장에 여유가 생겼다. 하지만 인부들은 그렇게 도움을 받으면서도 선길이 잘못하거나 실수를 하면 한소리씩들 했다. 자기 일들을 은근슬쩍 떠넘기기도, 자기가 저지른 잘못이나 실수를 선길에게 덮어씌우기도 했다. 선길이 뭐든 직수긋하게 구니 만만하게들 보는 것이었다. 기왕 돌아왔으니 다시 도망가지는 않을 것이라는 계산이 서서이기도, 처음에는 다 그런 것이라고 자기들 초짜였을 때 당한 것을 앙갚음하는 것이기도 했다. 선길도 모르지 않았지만 각을 세우지는 않았다. 지금 자신은 만만해 보이는 사람이 아니라 실제로 만만한 사람이었다. 오함마질도 똑바로 못하는. 뭐든 배우고 익혀야 했다. 얼마쯤 손해 보고 억울하더라도 길게, 나중을 생각해야 했다. 그래야 했고 더는 근심하고 불안할 것이 없어진 이제는 그럴 수 있었다. 회사에서 후임을 키울 때도 마찬가지였다. 스스로 똑똑한 줄 알고 뭐 하나 손해 안 보려는 후임들은 마음도 안 가고 가르쳐 주기도 싫었다. 입구가 좁은 병에 물을 채우려고 애쓰는 것 같았다. 하지만 일단 시키면 시키는 대로 하는 후임들, 너무 그래서 종종 미안하기까지 한 후임들한테는 마음이 가서 뭐라도 하나 더 가르쳐 주고 싶었다. 바가지로 양동이에 물을 채우는 것처럼 쉬웠다. 당연히 인부들이 모두 자기 같지는 않았지만 그만큼이나 안 그런 사람도 있었다. 선길이 순순히 나오니 더 가르쳐 주고 살펴 주려는 사람들도 적지만 분명 있었다.

경험 많은 목 씨도 그것을 알기 때문에 인부들 앞에서는 선길을 두둔하지 않았다. 선길이 억울할 일이, 저 영감탱이가 노망났나 싶을 만큼 터무니없는 것이 보여도 일단은 보고 넘겼다. 나중에 따로 선길에게 왜 그런 일이 벌어졌는지, 어떻게 하면 안 그럴 수 있는지 설명해 줬고 또 선길이 잘못 이해하는 것이 있으면 고쳐 줬다. 오함마질처럼 기초적인 공구 사용법과 작업 요령도 계속 가르치고 연습시켰다. 턱없이 선길을 부려 먹으려고 드는 인부들은 따로 응징했다. 선길의 일과는 무관하게 그 인부들이 작업해 놓은 것을 보고 꼬투리를 잡아 다른 인부들 보는 앞에서 호되게 조졌다. 다들 찍소리 못했다. 작업이라면 목 씨만큼 확실하고 정확하게 하는 사람이 없었다. 그렇게 한 번 두 번 목 씨에게 조져지고 난 인부들은 알아서 목 씨의 눈치를 봤고 다시 목 씨의 눈에 들기 급급해 선길을 해코지할 생각은 못 했다. 목 씨냐 자신이냐고 하면 반장이 누구를 선택할지는 뻔했다.

현경 역시 선길을 도왔다. 전과 반대로 선길은 이제 너무 불쑥불쑥 튀어나와서, 위고 아래고 누가 부르면 바로 달려들기부터 해서 현경을 깜짝깜짝 놀라게 했다. 하지만 역시 사람들 앞에서는 아무 말 하지 않았고 잠깐씩 쉬거나 짬이 날 때 좋은 말로 다음부터는 이렇게 저렇게 해 주면 좋겠다고 말했다. 그러고도 또 놀랄 때가 있었지만 현경은 자신을 무시해서가 아니라 의욕이 앞서고 아직 현장이 안 익어 그런 것을 알았기 때문에 불쾌하게 여기지 않았다. 장비를 슬쩍 물려 선길의 안전을 확보해 주거나 가볍게 클랙슨을 눌러 주의를 환기시켰다. 숙소에서는 종종 벽 너머 소리에 귀를 기울였다. 선길은 예전만큼 오래 통화하지 않았다. 여전히 다정하고 듣기 좋은 목소리로 이런저런 이야기를 하며 통화했지만 가끔은 먼저 통화를 마무리했고 이따금 건너뛰는 날도 있었다. 그런 저녁에는 목소리 대신 곤한 코골이 소리가 희미하게 벽을 넘어왔다.

선길이 데리고 온 녀석들은 토실토실 살이 올랐다. 푸석하던 털도 참기름을 바른 듯 윤기가 흘렀다. 의외로 녀석들을 극진히 보살핀 사람은 한 대리였다. 한 대리는 아침저녁뿐 아니라 틈만 나면 녀석들을 보살폈다. 원래 개를 좋아하고 내내 키웠던 경험때문이기도 했지만 사실 현장에서 유일하게 만만

한, 한 대리 밑에 있는 것이 녀석들이었기 때문이기도 했다. 사무실, 현장 번갈아 가며 이리 치이고 저리 박히고 스스로 생각해도 왜 이것밖에 못할까, 왜 나는 이것밖에 안 되나 싶을 때조차 녀석들은 꼬리를 흔들고 반겨 줬다. 그것이 고맙고 사랑스러워 한 대리는 숙소의 자기 방보다 녀석들 집을 더 깨끗이 치워 줬다. 매일같이 인터넷으로 간식을 주문했고 선길이 가져온 사료가 아직 한참이나 남았는데도 훨씬 고급인 것을 사다 넉넉하게 먹였다. 점심시간에는 아예 녀석들 곁에 붙어서 인부들이 아무것이나 먹이지 못하게 지켰고 저녁에도 인부들을 숙소까지 태워 주고 나면 꼭 돌아와 녀석들을 산책시켰다. 서로 스트레스 받지 않게 붙여 놨던 집도 분리시키고 밥도 따로 주면서 세심한 것까지 모두 챙겼다. 그런 한 대리를 소장은 한심하게 쳐다봤지만 별말 하지는 않았다. 현경과 잘 안 되서 그런 모양이라고, 조금 가엾게 여겼다. 그래, 너한텐 개가 딱이긴 하지, 생각하면서.

그러다 보니 두 녀석 모두 한 대리가 오면 정신을 못 차렸다. 붙임성 좋고 호기심 많은 누런 녀석은 물론이고 사람이라면 일단 피하고 간식으로 꾀어도 멀찍이 서서 눈치만 보는 흰 녀석도 한 대리 앞에서만큼은 배를 내보이며 애교를 피웠다. 한 대리가 훈련을 시키면서 녀석들은 더욱 볼만해졌다. 점심을 먹고 나오면 인부들은 한 대리 앞에 얌전하게 앉아 명령에 따라 엎드리거나 눕고 왼쪽으로 굴렀다가 오른쪽으로도 굴렀다가 하는 녀석들을 볼 수 있었다. 모두 감탄했고 한 대리에게도 대단하다고, 텔레비전에 나오는 그 개 훈련사 같다고 칭찬했다. 일을 좀 그렇게 해 보라며 지껄이고 가는 이들도 없지 않았지만. 소장도 한 번씩 전날 술집에서 먹다 남겨 온 치킨이며 족발 따위를 보란 듯 눈앞에서 먹여 애지중지 녀석들을 보살피는 한 대리의 속을 뒤집어 놨다.

별 관심 없던 현경도 종종 점심시간에 녀석들을 보러 갔다. 사실 녀석들보다 한 대리를 구경하는 재미가 있었다. 한 대리는 현장에서 볼 때와는 전혀 달랐다. 엄격하고 진지하면서도 다정하고 세심했다. 늘 달고 있는 그 억지스러운 웃음도 짓지 않았다. 딱 그 나이처럼, 젊고 활기차게 한편으로는 너무 순진해서 멍청해 보이는 웃음을 지으며 녀석들과 놀고 뛰고 뒹굴었다. 녀석들도 저택에 사는 개들 부럽지 않아 보였다. 훈련에 완전히 적응한 모습이라 물린 기억 때문에 본능적으로 드는 두려움과 거리낌도 한결 덜했다. 하지만 한 대리가 준 간식이나 사료에 코를 처박고 끈적한 침을 흘려 가며 먹어 대는 모습만큼은 어딘지 혐오스러웠다. 너무 단순하고 저돌적인 식욕, 그저 먹기 위해 사는 미물처럼 보였다. 무서워해서 더 그런 것인지도 몰랐지만.

그러는 사이 현장은 막바지에 접어들었다. 마을과 널찍한 비닐하우스 단지 사이에 있는 구간만 극복하고 나면 골재 공사만 끝난 신규 국도 현장으로 이어졌다. 신규 국도 현장은 예정대로라면 이미 포장 중이어야 했다. 하지만 사람이 죽는 안전사고가 있었다. 시공사로서는 불행하게도 중앙지에 기사가 나갔고 도청에서는 계약 규정을 근거로 시공사를 즉각 퇴출시켰다. 새 시공사를 선정 중이었고 구정이 끝나는 대로 공사를 재개할 예정이었다.

인부들에게는 희소식이었다. 소장이 기를 쓰고 공기 만회를 하려고 했던 것도 그쪽 공사 일정을 따라가기 위해서였는데 이제 공사가 중단됐으니 여유가 생기지 않겠느냐는 것이었다. 막바지로 접어들면서 연이은 야근에 모두 죽을맛이었다. 오죽하면 하루 이틀 손 놓고 쉬어도 좋으니 눈이라도 왔으면 하고 바랄 정도였다. 하지만 이따금 싸락눈이나 올 뿐이었고 소장은 오히려 공사를 더 서두를 생각만 하고 있었다.

새 시공사가 들어와 포장을 시작하고 상수도, 가스, 통신, 전력 등등 다른 매설 공사들까지 들어와 다 같이 작업을 하면 현장은 그야말로 개판이 될 터였다. 간섭이 일어나 작업이 꼬이는 것은 물론이고 보는 눈들도 많아져 신경 써야 할 것도 한두 가지가 아니었다. 하루라도 빨리 들어가 무인지경에서 먼저 치고 나가야 했다. 하지만 새해가 들어 추위는 더욱 혹독해졌고 인부들은 사기뿐 아니라 체력도 상당히 떨어져 있었다. 그저 시키기만 한다고 될 일이 아니었다. 방법이 필요했다. 소장은 반장들을 불러 회의를 소집했다.

소장은 구정까지 주말마다 특근을 해 줘야겠다고 말했다. 예상대로 반장들의 표정은 시뜻했다. 아침저녁으로 쿨럭쿨럭 기침 소리 안 내는 인부가 없었고 나이들도 대부분 60대 언저리였다. 말로 시킨다고 될 일이 아니었다. 반장들은 소장의 시선을 피했다. 하지만 소장은 유 반장만 쳐다봤다. 일전에 말했듯 서로 도와야 하지 않겠냐고, 먼저 회사가 되고 공정이 결과물로 나와야 반장들도 인부들도 계속 일을 하고 돈을 벌어 갈 수 있는 것 아니겠냐고 말하며 사뭇 정이 넘치는 눈으로, 우리가 서로 일만 하는 사이는 아니지 않냐는 듯 바라봤다. 소장은 덧붙였다. 다른 사람은 몰라도 지난번 회식 때 믿고 맡겨 달라고 한 유 반장만큼은 자신을 도와줄 것이라고, 이번에도 현장 전체, 내가 아니라 우리를 위해 한몫 진득하게 해 줄 것이라 알고 있고 믿고 있기 때문에 이미 든든하다고.

반장들의 시선이 유 반장에게 모였다. 무슨 답을 할지 궁금한 것만이 아니었다. 소장과 유독 돈독해 보이는 것이 불편했다. 사실 유 반장의 반은 소장 때문에 가장 피해를 입고 있었다. 선길을 제외하면 인부들 평균 연령도 높았고 작업을 서두르게 되면서 깐깐한 목 씨가 자꾸 어깃장을 놨던 것이다.

하지만 소장이 그렇게 나오자, 또 다른 반장들이 시기 어린 눈으로 자신을 보자 할 말은 정해졌다. 유 반장은 알았다고, 최선을 다하겠다고 말했다.

소장은 역시라는 듯 박수를 치며 고개를 끄덕였다. 과연 유 반장님이라고, 어려울수록 이렇게 여유 있고 대담한 결정을 내리는 사람이 진또배기라며 치켜세웠다. 얼마든지 할 수 있는 일이었다. 돈 한 푼 안 들뿐더러 자신이 치켜세울수록 다른 반장들도 좋든 싫든 유 반장처럼 할 수밖에 없었다. 공사는 아직 1년도 더 남았고 이렇게 한겨울에도 일할 수 있는 공사는 많지 않았다. 쥐고 흔들 수 있는 것은 소장이었고 더 마음껏 쥐고 흔들자면 가르고 쪼개야 했다. 상황은 소장의 생각대로 흘러갔다. 유 반장이 그러고 나서자 다른 일 못하는 반장, 늘 소장에게 잘 보이고 싶어 강아지처럼 끙끙거리는 반장이 질세라 자기 역시 현장을 위해 한몫하겠다고, 믿고 맡겨 달라고 했다. 차례차례 충성 서약이 이어졌고 예전에 뽑혀 나간 황 반장네 반의 잔류 인력들이 있던, 현장에서 가장 일 잘하고 소장에게 반감도 있던 반까지 동의했다. 소장은 다시 한 번 박수를 치며 고개를 끄덕였다. 너무 감사하다고, 소장으로서 더욱 노력하고 매진하겠다면서 한 대리에게 연락해 준비해 놓은 서류를 가져오라고 했다.

주말마다 해야 할 작업량을 뽑아 놓은 것이었다. 주말 특근은 일당이 두 배였다. 인부들이 시간 때우기를 하면 손해는 소장이었고 소장은 그런 손해를 가만히 앉아 당할 사람이 아니었다. 반장들이 얼마쯤 그런 마음으로 따라올 것까지 이미 예상하고 있었다. 서류를 본 반장들은 한 방 먹은 얼굴이었다. 소장은 선심 쓰듯 할당량만 끝내면 몇 시에 퇴근해도 상관없다고 했다. 웃기는 소리였다. 잠시도 쉬지 않고 빡빡하게 돌려야만 제시간에 끝낼 정도의 양이었다. 하지만 이미 뱉어놓은 말들이 있으니 반장들은 서명을 안 할 수 없었다. 서명이 모두 끝나자 소장은 새해가 돼 준비했다며 백화점 상품권을 건넸다. 반장들이 야근까지 해서 최대로 벌어 가는 일당쯤 되는 액수였다. 크지는 않았지만 기대하지 못한 데다 그 돈을 벌자면 작업도 잘 풀리고 야근도 늦게까지 해야 하는 돈이라 반장들의 떨떠름하던 얼굴들이 하나둘 펴졌다. 소장이 덕담과 몇 마디 우스갯소리를 하자 모두 활짝 웃으며 조금 전 서명하면서 느낀 불쾌한 기분은 잊어버렸다. 소장실을 나갈 때는 반장들끼리도 서로 덕담을 주고받았다. 소장에게도 새해복 많이 받으라는 인사를 으레 하는 게 아니라 진심으로 했다. 소장은 더 진심스럽게 인사하며 배웅했다. 손을 흔들었다.

소장이 백화점 상품권을 쥐여 주며 산 것이 바로 그것이었다. 반장들의 웃음과 진심을 다한, 새해 복 많이 받으라는 인사. 그만한 가치가 있을까? 구정이 2월 말이니 못 해도 여섯

주는 특근을 시켜야 했다. 두 배씩이라 12일이면 우수리 툭 쳐내도 1억은 거뜬히 됐다. 반장들 기분을 잡쳐 놓으면 소장이 1억만큼 일을 시키기 위해 기를 쓰고 쫓아다녀야 했다. 하지만 상품권 서너 장씩, 도합 수백만 원 남짓만 쓰면 반장들이 각자 알아서 인부들을 쥐어짜 작업량을 채울 것이다. 명분도 쥐여 줬다. 더도 덜도 말고 딱 그 할당량만큼만 하면 된다고. 그러면 낮 1시든, 2시든 반장 마음대로 퇴근들 시키시라고. 이른바 야리끼리였고 반장들은 그것으로 인부들을 살살 꾈 것이다. 이것만 하면 된다고, 얼른 해치우고 들어가 버리자고. 뭘 모르는 인부들은, 아니 알아도 인부들은 조금이라도 빨리 들어가고 싶어 안간힘을 다할 것이다. 1억이 고작 수백만 원에 저 스스로 알차게 돌아가는 것이다. 금액도 절묘했다. 녹초가 되도록 하루 내내 굴러야 벌 수 있는 일당. 그 아래였으면 속보인다고 얕잡히기나 했을 것이다. 그 위였으면 조금은 더 열심히 하겠지만 다음번에 부르는 값 역시 높아질 터였다. 숙고해 가늠한, 최적의 효율을 낼 액수였고 실제로 그렇게 반장들을 웃도록, 진심을 다해 인사하도록 만들었다. 소장은 느긋하게 웃었다. 그 여유로운 웃음은 매번 소장을 더욱 여유롭게 웃을 수 있게 만들어 줬다.

6

현장들은 소장의 뜻대로 돌아갔다. 특히 유 반장은 소장의 관심과 총애에 사명감 따위를 느끼기라도 한 듯 목에 핏대를 세워 가며 인부들을 독려했다. 그렇지만 서두르기만 한다고 서둘러지는 것이 아니었다. 인부들의 불만을 낮추고 일을 한시라도 빨리 끝내자면 앞서 흙막이 공사를 생략했던 것처럼 작업을 건너뛰어야 했다. 인부들마저도 자연히 생각할 수밖에 없었다. 이걸 이렇게 해도 되나? 나중에 문제가 생기지 않을까? 하지만 시키니 그저 시키는 대로만 할 수밖에 없었다. 나서는 사람은 목 씨뿐이었다. 반장에게 도대체 무슨 생각이냐고, 이렇게 작업했다가 나중에 소장한테 꼬리 잘리기 당하면 어쩔 셈이냐고 했다. 반장은 그간 이어졌던 어깃장에 감정이 상해 있던 데다 다른 인부들 있는 앞에서 목 씨가 그런 이야기를 하자 오히려 역정을 냈다. 목 씨도 걱정해서 한 말이라 더 언성을 높였다. 삿대질이 오갔고 결국 인부들이 뜯어말렸다. 하루이틀 일한 사이가 아니라 화해는 곧 했지만 예전 같지는 않았다.

인부들은 우왕좌왕했다. 목 씨는 이전처럼 앞장서 작업하려 하지 않았고 반장이 대신 내세운 윤 씨는 영 미더운 사람이 아니었다. 작업 역시 다른 현장에서 이렇게 했으면 당장 그만두라고들 했을 수준이었다. 하지만 품질 팀도 감리들도 와서는 거침없이 오케이, 오케이 했다. 이상하고 의아했지만 그렇게 돌아가니 따라 돌아갈 수밖에 없었다.

하지만 상황이 그렇게 돌아가면서 선길이 조용히 두각을 드러내기 시작했다. 이 사람 저 사람에게 적잖은 수모를 겪으며 현장과 작업을 익혀 온 것이 효과를 발휘하기 시작한 것이었다. 선길은 어느 작업, 어디에서 누구와 일해도 흠잡을 데 없이 곧잘 해냈다. 나이도 한참 젊은데다 힘 쓰는 요령이 익고 작업이 몸에 밴 덕분에 지치는 것도 다른 인부들에 비하면 한결 덜했다. 회계팀 팀장이었던 이력 덕분에 인부들이 대체로 기피하는 숫자와 계산에도 강했다. 높이, 깊이, 폭, 면적이나 부피, 경사도 등등 간단한 계산이 필요하거나 미리 계산하면 일 양을 줄일 수 있는 작업이 제법 있었다. 차분하고 꼼꼼히 해야 하는 작업은 목 씨보다 더 잘했다. 사근사근한 말투와 좋은 목소리도 한몫했다. 모두 지치고 예민했기 때문에 같은 말이라도 선길이 하면 다르게 들렸다. 현경에게도 선길은 가장 안심이 되는 사람이었다. 이제는 작업 구역으로 들어올 때도 항상 장비부터 보고 눈을 맞추며 들어왔고 장비와 함께 일할 때 역시 이거 하라, 저거 하라 시키는 것이 아니라 이런 일 저런 일을 장비가 찾아가면서 할 수 있도록 여건을 만들어 줬다. 이를테면 터를 팔 때 밑에 뭐가 있을 것 같으면 미리 가서 삽으로 찍어 보며 치밀히 확인해 줬고 흙이 젖어 있거나 햇빛이 마주 오는 방향이라 현경이 시야 확보가 어려우면 지장물 주변에 래커를 뿌려 확실히 표시해 줬다. 현경이 그동안 인내심을 갖고 기다려 준 보람이 있었다.

선길 본인도 할수록 일할 맛이 올랐다. 이전에 했던, 그 멧돼지 보초나 인부들 뒷수발에 비하면 지금은 그야말로 일다운 일이었다. 춥고 야외라 고생스럽기는 했지만 그것도 나름대로 나쁘지 않았다. 계절이 어떻게 가는지도 모르는 채 매일 답답한 사무실과 회의실만 오가며 20년 넘게 일한 탓인지 바람이 불면 부는 대로 볕이 창창히 쏟아지면 쏟아지는 대로 맞아 가며 땀 흘려 일하는 것이 한 번씩은 개운하고 후련하다 싶었다. 컴퓨터 자판만 두들기던 손에 단단한 굳은살이 배기는 것도, 무겁던 공구가 손에 익어 짝짝 붙는 것도, 숫자와 엑셀표가 아니라 한눈에 실물로 파악이 되는 일의 결과물도 모두 신선하고 좀처럼 물리지 않는 즐거움이었다. 잔업과 주말 출근 덕분에 벌이도 두둑했다. 평생 주는 만큼만 벌어 보다가 여기서는 하는 만큼 벌어 가는구나 싶은 생각이 드니 더 욕심이 생겼다. 아예 이 길로 들어서는 것도 나쁘지 않을 것 같았다. 양이 많아 될까 싶은 작업을 무탈히 끝내고 퇴근하는 저녁이면 차라리 회계사보다 나을지도 모르겠다는 생각마저 들었다. 그 사람들이 뭘 하는지, 더 벌어 보자고 종종 어떤 짓까지 하는지 모르지 않았다.

선길이 그렇게 잘해 내자 반장은 윤 씨 대신 일을 치고 나가도록 시켰다. 윤 씨는 샘이 많은 사람이었지만 순순히 선길에게 자리를 내줬다. 우선 너무 춥고 힘들었고 목 씨 대신 책임을 맡는 것도, 인부들에게 웃기는 소리가 아니라 싫은 소리를 해야 하는 것도 원하는 역할이 아니었다. 길고 오래가는 것, 똑같은 일당을 벌 바에야 일은 적게 하고 책임도 안 지고 싶었고 고만고만한 노가다판에서 몇 푼 더 벌자고 아등바등하고 싶지도 않았다. 적당히 일도 하고 농땡이도 피우면서 하루치 일당을 벌면 만사 오케이, 그뿐인 사람이었다. 덕분에 선길은 아무 방해 없이, 오히려 더 추진력을 얻어 일해 나갔다. 책임감이 붙으면서 현경에게 부탁해 영상도 촬영했다. 인터넷으로 구매한 액션 캠을 현경의 운전대 아래에 설치하여 녹화를 했고 매일 퇴근할 때 메모리카드를 돌려받았다. 선길은 잠들기 전까지 영상을 돌려 보며 실수한 것들을 확인하고 새로운 일머리도 구상했다. 덕분에 유 반장의 반은 가장 먼저 신규 국도 현장에 닿은 반이 됐고 선길의 활약은 소장의 귀에까지 들어갔다.

직접 현장에 나가 선길이 일하는 모습을 확인한 소장은 아주 흡족했다. 얼마쯤 과장이 섞였겠거니 생각했는데 아니었다. 반 하나는 거뜬히 데리고 일할 수 있는 능력이었다. 기분이 너무 좋아서 오히려 나쁠 정도였다. 선길을 현장에 다시 넣자고 주선한 것이 바로 자신이었으니까. 번번히, 이렇게나 번번이 뭘 틀리려야 틀려지지를 않을까. 유 반장은 참 사람 볼 줄 몰랐다. 그러니 그 나이가 되도록 그러고나 있는 것이겠지만. 소장은 한 대리에게 반별 작업량 자료를 가져오라고 시켰다. 구정 지나 빌빌거리는 반들을 통폐합시켜 선길에게 맡겨 볼 생각이었다. 아니면 인력사무소에서 인부들을 받아다 새 반을 하나 짜서 맡기거나. 어느 쪽이든 선길은 넙죽 받을 것이다. 일 잘하는 초짜들은 정말 쓸모가 있었다. 반장이라 불러 주고 인부 몇 명 달아 주면 하나같이 이순신 장군이라도 된 것처럼 일들을 했다. 신에게는 아직 다섯 명의 인부가 있사옵니다! 현장에 자기들밖에 없는 것처럼, 소장의 기대에 보답하고 더 인정받고 싶어 안달들을 했다. 소장은 그런 초짜 반장들을 정말 좋아했다. 사랑스러워 견딜 수가 없었다.

공사를 중지한 국도 건설 현장은 황량했다. 아무것도 없는, 왕복 6차선 넓이의 너르고 평탄한 황톳길이었다. 한 번씩 바람이 회오리쳐 흙먼지가 누렇게 솟구쳤고 이따금 멀리서 까마귀가 울었다. 진행 방향 오른쪽으로는 사방공사를 끝낸 산기슭이 이어졌고 왼쪽은 급한 비탈이었다. 비탈은 텅 빈 밭뙈기들로 이어졌고 그 너머에는 다시 흘러내린 산기슭들이 웅크리고 있었다. 스산한 겨울 바람이 비탈의 낙엽을 쓸며 불어내릴 때를 제외하면 쥐 죽은 듯 고요했다. 무덤 같았다.

작업 환경은 더할 나위 없었다. 골재 공사로 한 번 까뒤집었던 땅이라 굴착기 바가지 날도 푹푹 먹어 들어갔고 걸리적거리는 것은 아무것도 없었다. 터를 파서 관을 놓고 다시 덮으며 쭉쭉 밀고 나가기만 하면 됐다. 반년 넘던 공기 지연도 이제 두 달 남짓이었다. 이대로 구정까지 매일 작업을 하고 또 돌아와 바짝 조인다면 4월쯤이면 정상 공기에 맞출 수 있겠다고 소장은 예상했다. 하지만 날씨가 지독했다.

뉴스에서는 연일 북극한파로 곳곳에 피해가 속출한다는 소식을 전했다. 말만 6차선이지 실제로는 8차선도 너끈히 깔 수 있을 것 같은 넓고 황량한 현장에서 맞는 삭풍에 늙은 인부들은 뼈가 시리고 이가 아팠다. 누적한 피로도 피로였지만 두 달 넘게 집에 다녀오지 못해 꼴도 말이 아니었다. 덥수룩한 머리에 잡초처럼 듬성듬성 난 수염들. 땀과 먼지내 찌든 작업복과 모텔 숙소에서 쪼그려 하는 손빨래에 진저리들을 치고 있었다. 구정이 한 달도 안 남았고 한 푼이라도 더 벌어 가야 명절에 인심도 쓰고 대접도 받았지만 모두 쉬고들 싶어 했다. 주말마다 이것만 하면 들어갈 수 있다고, 빨리 해치우고 들어가 버리자고 하는 반장의 꼬임도 한두 번이었다. 1월 말이 되자 인부들은 못 하겠다고, 하루라도 좀 쉬어 가자고 반장에게 말했다. 어느 반 할 것 없었기 때문에 반장들도 뜻이 모였다. 함께 소장을 찾아가 이번 한 주만큼은 쉬자고 건의했다.

소장은 쉬는 것은 좋다고 했다. 하지만 주말이 아니라 눈이 오면 그때 쉬자고 말했다. 반감이 쌓여 있던 반장 하나가 눈이 오면 어차피 쉬는 것 아니냐고, 우린 지금 주말에 쉬자는 소리를 하고 있는 것이라고 말했다. 소장은 그 반장을 쳐다봤다. 불쾌하다는 뜻을 담아, 그리고 다른 반장들이 그 불쾌함을 충분히 인지할 수 있을 만큼 오랫동안. 분위기가 서먹해지자 소장은 느긋한 웃음을 띠웠다. 그만큼 지금이 중요한 시기라고, 이 어려운 선을 넘어야 현장도 안정이 되고 그래야 반장과 인부들도 안정되는 것 아니겠냐고 했다. 더구나 지금 하루 쉬어 가면 구정 다가오면서 더욱 마음은 들뜨고 손은 헐거워질 인부들을 어떻게 통제할 것이냐고 되물었다. 허리띠를 한번 풀었다 조이면 다시 조일 때 그만큼 더 힘든 법이라고, 기왕 여기까지 한 것 이대로 가는 편이 관리하는 입장에서도 더 편하지 않냐며. 소장은 그렇게 편하고 뜻대로 부리고 싶은 반장들의 심리를 부추겼다. 그러고는 한 대리를 시켜 반장들에게 자료를 나눠 줬다. 지난 수주간 평일과 주말에 각 반들이 달성한 작업량을 정리한 자료였다. 반 크기나 인력 구성, 작업 구역별 특수성과 난이도는 무시한 채 단순 수치와 순위만 적혀 있었다. 1위는 선길이 있는 유 반장의 반이었다.

소장은 대놓고 품평하지는 않았다. 다만 모두 어려울 때도 이렇게 해내는 사람이 항상 있다고, 역시 유 반장이 우리 현장의 선봉대라며 치켜세울 뿐이었다. 구정 전까지도 지금처럼만 해 달라고, 자신은 유 반장만큼은 확실히 믿고 있다고. 소장이 그렇게 말하는 데다 당당히 1위라고, 굵은 글씨에 색까지 칠해진 서류에 왠지 뿌듯해진 유 반장은 걱정 말고 맡겨 달라고 말했다. 그러자 꼴찌를 차지한 반의 반장이 면구스러워하면서도 자신도 더욱 노력하겠다고, 기대해 달라고 말했다. 다른 반장들도 가만히 있을 수 없었다. 한두 마디씩 보탰고 그러자 소장은 물론이라고, 거의 자애롭기까지 한 미소를 지으며 순위에 너무 연연할 필요 없다고, 자신은 이 자리에 계신 모든 반장이 똑같이 한마음 한뜻으로 애쓰시는 것을 조금도 의심하지 않는다고 말했다. 그렇기 때문에 월말에 하는 정산도 구정 전에 모두 해 줄 것이라고 가만히, 거의 별것 아니라는 듯 덧붙였다. 소장이 준비한 회심의 한마디였고 마지못해 한두마디했던 반장들마저 낯빛이 달라졌다. 쉬어 가는 것은 인부들에게 필요했지만 정산은 일당을 주고 온갖 비용을 처리해야 하는 반장들에게 필요한 것이었다. 회의는 조금 더 이어졌지만 실상 그것으로 끝났다. 소장의 뜻대로 반장들은 모두 한마음, 한뜻이 됐다. 하지만 소장에 대해 그럴 뿐, 각자에 대해서는 그렇지 않았다. 뜻을 모아 한 주는 쉬기로 하자 했던 것은 싹 잊어버리고 어서 현장에 돌아가 다시 인부들을 어떻게든 끌고 갈 생각만 했다.

아무 의미 없는 순위에, 선동이나 다름없는 그 숫자에 반장들은 몸이 아파 하루 쉬어야겠다는 인부들까지 어지간하면 나오라고, 앓아도 나와서 앓으라며 출근시켰다. 순위를 알려 주고 다른 반의 출퇴근 시간이나 작업량과 비교하며 인부들을 들볶기도 했다. 회사가 잘되고 반이 인정받아야 모두 새해에도 마음 편하게 일할 수 있는 것 아니냐며 자기가 자기 좋자고 이러는 것 아니라고 모두 반 전체가 잘되자면 이럴 수밖에 없다며 소장과 똑같은 소리들을 했다. 한편으로는 구정 전에 정산이 될 것이라며 인부들을 달랬다. 소장이 그건 어렵다며 손사래쳤지만 팀장들이 단합해 담판을 지었다고, 그렇게 언질까지 받아놨으니 고생스럽더라도 조금만 더 버텨보자고 설득했다. 추석도 아니고 구정인데 호주머니 두둑이 채워 가야 하지 않겠냐며.

이제 인부들은 눈이나 기다리는 수밖에 없었다. 언제 올지, 구정 전에 오기는 올지 모를 눈을. 이따금 이런 노가다판 일을 하게 된 자신을 한탄하고 책망하기나 하며. 한때 선길이 그렇게 새벽마다 멧돼지를 기다렸듯. 결국 모두 똑같은 처지였다.

그렇게 일은 다시 소장의 뜻대로 흘러갔다. 반장들이 갈라서는 한 필승은 소장의 것이었고 사실 이제 소장은 좀 따분하기까지 했다. 어쩌면 저렇게들 뻔하고 뭘 모를까. 역시나 관리자에게 필요한 것은 갈라 세우고 갈라 세우고 오로지 어떻게든 갈라 세우는 일이었다. 줄을 세우고 편을 갈라서 저희끼리 알아서 치고받도록, 그러느라 뭐가 중요하고 누가 이득을 보는지 생각도 못 하도록. 인간이란 고작 그런 것이다. 서로 믿지 못하고 지기 싫어한다. 그 속성마저 남들만 그렇고 자기는 아니라고 생각한다. 인간이란 그래서 싸우고, 그렇게 싸우기 때문에 싸울수록 더 편향되고 나약해질 수밖에 없다. 스스로 그 불신을 극복하지도, 서로 이기거나 져서 해결할 수 있는 문제가 아니라는 것도 깨닫지 못한 채 진흙탕 밑바닥까지 서로 끌고 들어가기만 한다. 그러다 결국 자신들을 끄집어 올려 줄 관리자를 찾게 되는 것이다. 싸움은 끝나야 하고 누군가는 개처럼 물불 못 가리게 된, 자신들이 아니라 저것들을 따로 가둬야 하니까.

그런 생각을 하고 있던 소장에게 난데없이 한 대리가 그래도 한 주 쉬어 가면 어떻겠냐고 말을 꺼냈다. 매일 현장에서 부딪치는 인부들이 너무 고생스러워 보인다고, 너무 심한 것 같다고 말했다. 한 대리가 그렇게 말한 것은 사실 인부들보다 선길이 데려온 그 녀석들 때문이었다. 주말도 없이, 평일에도 늦도록 일 하느라 한 대리는 요즘 녀석들을 돌볼 시간이 없었다. 녀석들은 한 대리가 근처에만 가도 엉덩이가 빠지도록 꼬리를 흔들고 펄쩍펄쩍 뛰어올랐다. 털은 꾀죄죄하고 산책을 못 시킨 지도 며칠째였다. 한 대리는 너무 미안했다.

당연히 소장은 무슨 돼먹잖은 소리냐는 듯 한 대리를 쳐다봤다. "뭐, 심해? 진짜 심한 게 뭔지 알아? 일 시키고 돈 안 주는 게 심한 거야. 돈 받아먹으면서 일 안 하는 게 심한 거고. 내가 뒤에서 총 들고 일 시켜? 회의도 하고, 힘들다 쉬고 싶다 그 청원들도 받아 주고 할 거 다 하면서 민주적으로 결정하고 자본적으로 돈 쥐어 줘 가면서 하는데, 합법적으로 할 거 다 하면서, 나 좋자고 하는 것도 아니고 회사 위해서, 우리 다 같이 먹고 살자고 하는 건데 도대체 뭐가 문제야? 뭐가 심한 거야?" 소장은 침만 삼키고 있는 한 대리를 한심해 견딜 수 없다는 듯 봤다. "정말 심한 건 너야, 너. 회사에서 시뻘건 핏덩이한테 대리 직함 달아 줬으면 이럴 때일수록 더 쫓아다 니고 단속할 생각은 안 하고 뭐? 심해? 개념 챙겨. 넌 관리자 고 인부들은 관리 대상이야. 네 월급은 땅 파서 나오는 게 아 니라 인부들이 땅을 파도록 네가 시켜야 나오는 거라고. 회사 에서 쥐어짤 때 인부들한테 나오는 게 없으면 너도 필요 없는 거야, 인마!" 소장은 자리를 털고 일어났다. "으이그, 차라리 내가 개를 가르치지, 개를 가르쳐!"

눈은 오지 않았고 한파는 더욱 거세졌다. 인부들은 꾸역꾸 역 진도를 나갔다. 입 주변에 허연 얼음이 수염처럼 맺힌 방 한용 마스크를 쓰고 열심히 몸들을 놀렸다. 작업보다 추위 때문이었다. 동상에 안 걸리려고 인부들은 부지런히 움직였 다. 현장에 들를 때마다 소장은 방한에 각별히 유의하라고 말 했지만, 그뿐이었다. 소장의 머릿속에는 계획대로 잘돼 가고 있다는 것만, 어쩌면 3월 안으로 밀린 공기를 다 따라잡을 수 있을지 모르겠다는 생각만 가득했다. 소장은 인력과 장비의 추가 투입을 생각했다. 선길에게 반을 맡기는 것도 이전보다 구체적으로 검토했다.

그러는 사이 현장에서 술이 보이기 시작했다. 참 시간이 되 면 인부들은 품에 숨겨 온 소주나 싸구려 고량주를 꺼내 몰 래 한 모금씩 마시거나 두어 명씩 붙어 서로 나눠 마셨다. 이

내 그런 일에 빠질 수 없는 윤 씨가 중심이 됐고 판이 커지기 시작했다. 각자 한두 병씩 챙겨 오기로 하면서 술병이 늘어났고 안주도 처음에는 없거나 참으로 나오는 빵 쪼가리 정도였다가 오징어와 노가리, 소시지가 됐다. 구정 앞이라 반장이 자주 현장을 비웠다. 겨울이라 술냄새도 희미했고 안면 마스크를 껴 낯빛도 보이지 않았다. 포장도 안 된 도로라 오가는 차도 보는 눈도 없었다. 대담해진 윤 씨는 어리숙한 한 대리를 괜한 심부름으로 멀리 쫓아 보내고 판을 더 키웠다. 바람 안 드는 기슭 쪽에 두툼히 신문지를 깔고 각자 가방이나 공구통에 있는 술과 안주들을 꺼내 놨다. 잠깐 날이 풀려 그리 춥지 않던 날에는 모두 소풍이라도 온 것처럼, 작업화마저 벗고 한잔씩들 걸쳤다.

목 씨가 한심하게 쳐다보며 말했다. 일과 중에 뭐 하는 짓들이냐고. 모두 움찔했지만 윤 씨는 아니었다. 목 형도 와서 얼른 한잔하라고 태연하게 말했다. 목 씨가 못마땅한 눈길을 던지자 윤 씨는 오히려 당당하게 말했다. 기계도 아니고 어떻게 맨날 일만 하냐고, 사람 아니라 짐승도 이런 추위에 이렇게 내몰지는 않겠다며 우리가 일하러 왔지 무슨 수용소 생활하러 왔냐고 했다. 목 씨가 그래도 이건 아니라고, 하지 말라는 건 안 해야 되고, 우리처럼 없는 사람일수록 더 그래야 한다고 했다. 있는 놈들이야 사고를 쳐도 뒷감당할 배도 있고 돈도 있지만 우리는 아니라고, 있는 놈들은 음주 운전을 하고도 감옥에 안 가지만 우리는 당장 이러다 걸리면 엄동설한에 현장에서 쫓겨나는 수밖에 없는데 어떻게 할 거냐고. 하지만 윤 씨는 물러서지 않았다. 왜 맨날 우리만 뭘 꼬박꼬박 지켜야 하냐고, 언제 올지 모르는 눈이나 기다려 가며 다 늙어 빠진 몸으로 매일매일 일하는데, 지금도 책잡힐까 봐 욕 안 먹을 만큼 작업 다 해 놓고 이렇게 자리 잡아 마시는 건데 누구 좋으라고 그렇게 꼬박꼬박 뭘 지켜 주기까지 해야 하냐고 핏대를 세워 댔다. 윤 씨는 잔머리나 굴리지 쉽게 얼굴을 붉히는 사람은 아니었다. 술 때문에, 또 현장이 그만큼 힘들고 고생스럽기 때문이었고 왜 그런지는 목 씨도 너무 잘 알아 참담할 정도였다. 윤 씨 역시 흥분한 것이 스스로 민망해 곧 얼굴을 풀었다. 다정스레 손짓하며 벌어진 앞니를 히죽 내보이며 평소처럼 웃었다. "목 형, 와서 한잔해. 술맛이 두 배로 좋아. 개같은 소장이고 멍청한 반장이고 다 엿 먹이는 것 같아서 아주 달짝지근하다니까."

목 씨는 복잡한 표정으로 윤 씨를 보다가 작업하던 곳으로 돌아갔다. 현경과 선길, 술 안 마시는 인부들 몇몇을 데리고 하던 작업을 재개했다.

이후로도 술판은 기회만 나면 벌어졌다. 목 씨가 보기에 상황은 불 보듯 뻔했다. 저러다 윤 씨나 인부들 몇몇이 걸리면 인부들뿐 아니라 반이 위태로웠다. 소장이 당장 뽑아 버리겠다 해도 할 말이 없었고 그렇게까지 되지 않더라도 분위기는 엉망이 되고 이후로는 소장이 시키는 대로 더욱 끌려갈 수밖에 없었다. 목 씨는 어떻게든 구정 전까지만 버티자고, 다녀오고 나면 상황도 윤 씨도 나아질 것이라고 생각했다. 전체적으로 봤을 때도 인부들과 반을 모두 지킬 수 있는 합리적이고 유일한 해결책이었다. 하지만 너무 이상적인, 잠깐 견뎌 보자는 생각에서 비롯한 궁여지책일 뿐이었다.

반장과 다툰 후 한동안 뒤로 물러나 있던 목 씨가 다시 나섰다. 하지만 목 씨가 열심히 작업을 할수록 그동안 안 마시던 인부들마저 하나둘 윤 씨 쪽으로 건너갔다. 고되기도 고됐지만 저쪽은 술 먹고 노는데 이쪽은 죽어라 일만 한다 싶은 억울한 감정에 끝내 떠밀릴 수밖에 없었다. 분풀이하고 싶은 것도 많았다. 자리를 비웠다 돌아오면 왜 이것밖에 일을 못했냐고 잔소리하는 반장도, 기어이 휴일 한번 없이 구정까지 밀어붙이는 소장도, 끝내 눈 한번 없이 무정하게 맑고 차기만한 하늘도, 그리고 예순이 지나고 일흔이 가까워도 이 춥고 황량한 데서 이러고 있어야 하는 자신의 처지도 모두 원망스러웠다.

사람이 늘자 윤 씨 쪽은 오히려 체계가 잡혀 갔다. 윤 씨는 일한 티가 날 만한 것들만 요령 좋게 짚어 냈고 인부들을 투입시켜 그것들만 집중적으로 해냈다. 술도 어느 휴일 알게 된 근처 양조장 사장을 통해 옛날식 탁배기를 공수해 왔고 안주도 단골 전집에서 받아 온 전과 구이 따위를 그새 친해진 자재 트럭 기사를 통해 받아다 왔다. 모두 마시면서도 서로 조심시켰고 스스로 절제들도 했다. 그래야 하는 것을 모르는 사람은 없었다. 그러면서도 계속하는 사람들만 있었을 뿐. 들키지도 않았다. 반장은 작업량이나 상태가 영 마음에 안 들면서도 여기저기 금액을 맞추고 세금 처리하고 입금하거나 또 받느라 현장에 붙어 있을 새가 없었다. 소장 역시 구정을 앞두고 군청이며 도청에 떡값을 돌리느라 현장에 통 나타나지 않았다. 한 대리에게는 두 번 정도 걸렸지만 윤 씨는 변명할 필요도 없었다. 먼저 못 본 척 지나친 것은 한 대리였다.

한 대리가 그런 것은 현장에서 마음이 멀어진 탓이었다. 소장에게서 심한 것은 너라고, 차라리 개나 가르치지 했던 그 소리를 듣고 난 뒤부터는 어쩐지 될 대로 되라는 심정이었다. 자기 없이 어디 한번 어떻게 되나 두고 보자는 순진한 치기, 아무 생각 없는 반항이었다. 여태껏 안전사고 한번 없었기 때문이기도 했지만 한 대리의 나이와 연차가 그럴 만한 때이기도 했다. 한 대리는 일이 터지고 나서야 비로소 자기가 얼마나 터무니없는 짓을 했는지 깨닫게 될 터였다.

구정 연휴를 앞둔 월요일이었다. 반장은 회사에서 돈이 들어오는 날이라 오전만 하고 먼저 퇴근했다. 한파가 걷혀 날씨는 녹녹했고 아침에 비까지 살짝 왔다 가서 공기도 촉촉했다. 윤 씨에게는 한잔 적시지 않을 수 없는, 참 좋은 날이었다. 윤 씨는 자재 운반 기사한테 연락해 오늘은 좀 특별하게 해 보자고 했다. 자재 하역하는 굴착기 기사에게도 같이하겠냐고 말했다. 기사는 기다렸다는 듯 좋죠, 한마디 했다. 서른 조금 넘긴, 어딘가 비릿한 느낌이 드는 얼굴의 남자였다.

덤프트럭은 예정보다 두 시간이나 일찍, 점심시간이 끝나자마자 도착했다. 굴착기 기사도 윤 씨의 말에 따라 이미 대기 중이었다. 윤 씨도 인부들을 데리고 가 하역 작업을 진두지휘했다. 모두 손발을 착착 맞추며 빗물받이와 콘크리트관을 일정한 간격으로 빠르게 하역했다. 오후 3시쯤 참 시간이 되자 이미 끝이 보였다. 평소라면 아직 반도 못 했을 작업량이었다.

"저걸 그새 다했네, 다 했어." 목 씨가 어처구니없다는 듯 쳐다봤다. "영감들 참. 그 술 한잔 먹어 보겠다고."

선길은 구덩이 밑에서 씩 웃으며 콘크리트관에 묶인 바를 풀었다. 현경에게 올리라고 수신호를 보냈다. "벼르고 벼른 모양이던데요. 트럭 기사가 식당에서 아예 음식을 받아다 왔대요. 전이며 탕이며. 오늘은 블루스타까지 동원해서 야무지게 한번 드셔 보시겠다고 하대요."

"참 욕망이다, 욕망이야. 뭔지 모르겠다만, 아무튼 욕망이야." 목 씨는 고개를 절레절레 흔들었다.

선길은 씩 웃고는 현경에게 수신호를 보냈다. "또 내려 주세요."

세 사람은 콘크리트관을 설치하는 중이었다. 원래 네댓 명은 붙어야 하는 작업이었지만 모두 저쪽으로 달라붙어 있었고 일 잘하는 목 씨와 선길이었기 때문에 그럭저럭 할 만했다. 터파기는 이미 다 해 놨고 그 터를 따라가면서 미리 깔아 놓은 콘크리트관을 내려 이전 관과 연결했다.

하역 작업을 끝낸 윤 씨가 이쪽으로 걸어왔다. 뒤쪽에서는 판을 벌이느라 왁자지껄한 모습들이 보였다. 현경은 잠시 내려 목 씨, 선길과 함께 잠시 쉬고 있던 참이었다.

"이리로들 와. 한 대리도 이따 퇴근 차나 끌고 올 거라니까. 날 좋은데 따뜻하고 오붓하게 한잔씩들 허자."

"됐다." 목 씨가 말이 끝나기도 전에 대답했다.

"목 형, 아, 시마이*하고 가자니까. 오늘 할 거 다 했는데 뭘 더 해. 누구 좋으라고? 갑시다, 그만 시마이!"

"후회한다니까." 윤 씨는 선길을 봤다. "한잔하자니까, 메기

---

* 작업 마무리.

탕이 이거야, 아주 이거!" 윤 씨가 엄지손가락을 들어 보였다.

"맛있게들 드세요. 전 점심 먹은 게 안 좋아서 속이 부대껴서요."

"그러니까 더 한잔해야지. 한잔하면 싹 내려간다니까."

선길은 웃는 얼굴로 고개를 저었다. 배가 아프다는 듯 문지르는 시늉을 했다. "그렇게 내려갈 게 아닌 거 같아요."

"거참, 아주 현장의 노예들이 돼 갖고 말이야. 누가 지키고 선 것도 아닌데 뭘 그리 열심히 해 싸. 이렇게 한잔 적시기 좋은 날에."

"여긴 됐으니까, 얌전히들 마셔라. 사고 치지 말고. 특히 저, 저," 목 씨는 트럭과 굴착기를 턱짓했다. "둘이나 잘 조절시켜. 애먼 일 만들지 말고."

윤 씨는 말도 말라는 듯 손짓하고는 몸을 돌렸다. "아이고, 그럼 수고들 해라. 현장의 노예들아." 아쉬울 것 없다는 듯 윤 씨는 성큼성큼 멀어졌다.

"약 좀 드릴까요?"

"아니에요." 현경의 물음에 선길은 손을 들어 사양했다. 끼기 싫어 거짓말한 것이라고 덧붙였다.

"종종 끼기는 하셨잖아요." 선길도 줄창 앉아 있지만 않을 뿐이지 이따금 그쪽 자리에 가서 앉았다 오기는 했다.

선길은 손사래쳤다. "술은 안 마셨어요. 그냥 사회생활 한 거예요. 윤 형님 역할 뺏은 거 같아 죄송스럽기도 하고, 그래서……."

현경은 썩 믿기지는 않았다. 직접 본 것도 아니었고.

목 씨가 선길의 어깨에 팔을 휙 걸쳤다. "슬쩍 간들 보신 건 아니고? 누구 빼 갈지?"

무슨 소리냐는 듯 현경이 쳐다봤고 선길은 민망한 표정을 지었다. 목 씨가 나서서 말했다. "얘, 구정 지나서부터는 반장이야. 소장이 시켜 준댔어."

"진짜요?" 현경의 눈이 동그래졌다.

선길이 손을 내저었지만 목 씨가 이번에도 나섰다. "구정 지나고 반 하나 새로 짠대. 여기저기 반에서 한둘씩 빼고 인력사무소에서 데모도* 두엇 받고. 꽤 키워서 앞장세우겠다고, 그랬잖아?"

선길은 난처해하면서도 웃음을 감추지는 못했다. "말만 그렇지 몰라요, 그때 되면. 연휴도 일주일이 넘는데."

"소장이 직접 한다는데 하는 거지, 뭘. 소장이 안 하면 안 했지 없는 말 하지는 않아." 목 씨가 말했다.

현경도 고개를 끄덕였다. "그건 그렇죠."

"에휴, 뭘." 선길은 쑥스러워하면서도 내심 뿌듯한 표정을

---

* 조공, 보조하는 인부.

지었다. 소장이 사랑스러워해 마지않는 그 표정이었다. "정말 되면, 잘해 보고 싶기는 해요. 하면, 좀 잘할 수 있을 거 같아요."

목 씨가 너스레를 떨었다. "나, 나부터 데리고 가. 나 좀 데리고 가, 반장님."

"아저씨가 어딜 가요. 이 반에 아저씨 없으면 일은 누가 한다고. 반장님, 나, 나!" 현경이 반짝 웃으며 거기 말고 여기라는듯 작업복 앞섶을 두드려 댔다.

"아유, 작업이나 하시죠." 선길이 웃으며 손사래 쳤다.

현경이 따라붙었다. "나, 나, 나라니까요! 팀장님, 송선길 팀장님!"

술자리는 계속 이어졌고 세 사람도 작업을 계속했다. 저 앞에 산그늘 진 곳, 표석처럼 미리 심어 놓은 빗물받이가 있는 곳까지만 작업하고 마무리하기로 했다. 퇴근 전까지는 되메우기를 하면 맞춤할 것 같았다.

선길이 마지막 콘크리트관을 받았다. 찐득한 고무링 느낌이 전해질 때까지 밀어 넣고 수평계를 올려 경사를 확인했다.

"오케이!" 선길의 시원한 목소리가 울렸다.

목 씨가 개운한 얼굴로 한 발 물러섰고 현경도 굴착기 팔을 들어 올리며 장비를 후진시켰다. 선길도 구덩이에서 올라왔다. 목 씨가 잡아 주려고 그쪽으로 갔다. 하지만 그때 선길의 디딤발이 미끄러졌다. 선길은 균형을 잃었고 이러면 안 되는데 할 새도 없이 머리가 어찔해지고 몸에 힘이 풀리는 것을 느꼈다. 뒤로 넘어진 선길은 그대로 사면을 타고 굴러떨어졌다. 안전모를 쓰고 있었지만 다른 인부들처럼 털모자 위에 얹듯이 쓴 채였다. 안전모에 가려지지 못한 뒤통수가 직각으로 선 빗물받이 콘크리트에 부딪혔다. 소리가 났다.

선길은 즉사했다.

개죽음 중의 개죽음이었다. 흙막이 공사를 하지 않아 사면이 그대로 빗물받이까지 이어져 있었고 안전수칙이나 시공 기준대로 된 것은 하나도 없었다. 그동안 사고가 나지 않았던 것이 오히려 이상할 정도였다. 그간 몸이 둔해진 것도 이유 중 하나였다. 기분 탓에 체감하지 못했을 뿐 이미 무리한 일정인데다 모두 뒤로 물러설 때 항상 앞으로 나서 온 선길이었기 때문에 그럴 수밖에 없었다. 안전모는 아무것도 아니었다. 모두 그렇게 쓰거나 아예 안 쓰기도 했고 그것을 두고 뭐라고 하는 사람 역시 아무도 없었다. 똑바로 썼더라도 작업 상태 때문에 큰 도움이 됐을 거라고 장담할 수도 없었다. 선길이 아니라 누구에게든 일어날 수밖에 없는 일이 일어난 것이었고 그렇기 때문에 선길이 할 수 있는 것은 아무것도 없었다. 예전 선길이 어제가 아니면 오늘은, 오늘이 아니면 내일은 내려올 것 같다고 생각했던 그 멧돼지가 결국 내려온 셈이었다. 산이 아니라 소장의 머리에서 나온 그 횡액이 기어이 선 길을 덮쳤다.

7

사무실로 복귀하던 소장은 연락을 받고 곧장 방향을 틀어 현장으로 차를 몰았다. 누런 흙먼지 날리는 비포장도로를 달리며 소장이 생각한 것은 무엇을 받아들일지와 무엇을 받아들이지 않을 수 있는지였다. 일종의 기초공사였다. 밑바닥에 무엇을 남기고 무엇을 버릴지, 그것을 정확히 판단하면 무엇을 더해야 할지가 나왔다. 창문을 내리고 담배를 피워 물며 소장은 당황하고 흥분하려는 자신을 진정시켰다. 그런 감정은 아무 도움이 안 됐다. 이전의 경험들을 떠올리며 냉정하게 상황을 흡수하고 분석해야 했다. 소장은 짙은 담배 연기를 내뿜었다. 걱정할 필요는 없었다. 돌아가는 원리는 늘 한 가지였다.

현장에 도착한 소장은 신속하고 예리하게 상황을 파악했

다. 다시 한번 생각했다. 받아들여야 할 것은 무엇이고 받아들이지 않을 수 있는 것은 무엇일까? 스스로 묻고 대답하는 과정을 몇 번 해 보며 현장과 상황을 추가 파악했다. 이윽고 판단이 서자 수습을 시작했다. 소장의 장기대로라면 책임을 안 만들어야 할 터였다. 하지만 이 경우는 사고가 너무 컸다. 이런 일에 책임을 안 만들려고 하는 것은 멍청이들이나 하는 짓이었다. 오히려 먼저 책임을 지겠다고, 사고의 발생과 책임을 적극적으로 인정하고 사과해야 했다. 다만 그 책임을 작게, 가능한 한 아주 작게 만들어야 했다. 사고가 난 것이 아니라 낸 것처럼 보일 만큼, 가해를 한 것이 아니라 피해를 입은 것처럼 보일 만큼 작게, 충분히 작게. 그러자면 아주 대담해야 했다. 거침없이, 단숨에 해치워야 했다. 거푸집 안에 콘크리트를 쏟아붓듯.

모든 것이 매끄럽게 돌아가지는 않았다. 반발과 저항이 있었다. 하지만 매끄럽지 않다고 안 되는 것은 없었다. 반발하든 저항하든 모두 귀결하는 것은 단 하나의 사실이었다. 이제 선길은 이곳에 없다.

현경은 핸드폰 알람 소리에 정신이 들었다. 매일 일어나는 6시였다. 창문은 한밤중처럼 어두웠다. 다른 아침과 똑같았지만, 아니었다. 현경은 무슨 일이 일어났는지 알고 있었다. 빗물받이 옆에 구겨져 있던 선길, 자그마한 웅덩이를 만들며 고이던 피. 현경은 흘러내리듯 장비에서 내려 구덩이로 다가갔었다. 목 씨가 말리듯 막아섰고 조금 아찔하다 싶던 찰나 눈에 보이던 것들이 휙 돌았다. 암전이었고 굴착기의 매캐한 배기가스 냄새만 맡아졌다.

한 토막 더 남은 기억은 다마스 안이었다. 요란한 진동과 차 안에 밴 인부들의 땀에 전 작업복 냄새. 몸에는 힘이 하나도 없었지만 현경은 구역질을 느꼈다. 참아지지 않았다. 몇 번 헛구역질을 하자 한 대리가 고개를 돌리며 외쳤다. "괜찮아요? 서 기사님, 괜찮죠?"

현경은 이불을 걷고 침대에 걸터앉았다. 작업복 차림 그대로였고 양말만 벗겨져 있었다. 며칠을 굶은 것처럼 기운이 없었다. 모텔방의 공기가 건초처럼 꺼슬꺼슬했다.

멍했다. 아무것도 실감 나지 않았다. 선길이 그렇게 됐던 것도, 자신이 혼절한 것도. 모두 꿈인지도 몰랐다. 현경은 고개를 들어 벽을 봤다. 선길과 공유한, 바랜 흰색 벽지가 발린 벽. 그 너머에서 선길도 일어나 출근 준비를 하고 있을 것 같았다. 두드려 보고 싶었다. 무슨 대답이 들려오지 않을까? 정말 악몽을 꾼 것이 아닐까? 핸드폰이 울렸다. 한 대리였다.

현경은 안개 너머 실루엣에게 문득 전화를 받았다. "여보세요?"

"괜찮으세요?"

현경은 무슨 대답을 해야 할지 몰랐다. 왜 괜찮냐고 묻는지, 자신이 정말 괜찮은지, 아무것도 알 수 없고 실감 나지 않았다.

"괜찮으신거죠, 서 기사님?"

현경은 상황을 받아들였다. "선길 씨는요?"

"장례식장에 모셨어요. 댁 근처로 옮겨서요. 어젯밤에요. 새벽에 소장님도, 반장님 반분들도 다 찾아뵀고 조문하셨어요." 한 대리는 담담하게 말했다.

턱이 떨려 왔다. 가슴이 조여 오고 울음이 아니라 통증이 배 속 깊은 곳에서 차올랐다.

"우선은 하루 더 쉬세요. 그러시라고 전화드렸어요. 소장님 지시 사항이고, 출근도 오늘은 한 시간씩 늦게 하실 거예요."

"오늘도 작업한다고요?"

한 대리는 잠시 침묵했다. "그래야죠."

공허한 한숨이 흘러나왔다. 현장은 늘 그랬다. 누군가 사고가 나도 다음 날이면 똑같이 돌아갔다. 아무 일도 없었다는 듯. 그렇게 빠르게 잊혔다. 사고도, 사람도. "제 장비는요?"

"어제 다른 기사님이 사무소로 옮겨 놓으셨어요. 잘 주차해 두셨으니까 문제없을 겁니다. 키는 밤에 제가 받아다 모텔 카운터에 맡겨 놨어요."

"네." 현경은 고맙다고 말을 해야 할 것 같지만 나오지가 않았다. 그게, 아무것도 아닌 말 같았다.

"그럼 쉬세요. 혹시 필요한 일 있으시면 연락 주시고요."

"괜찮으세요?" 현경이 물었다. 한 대리는 괜찮은 것 같아서, 어떻게 하면 괜찮을 수 있고 정말 괜찮아도 되는 것인지 의아했다.

한 대리는 답이 없었다. 그리고 못 들었다는 듯 가 봐야 한다고, 이만 끊겠다고 말했다.

현경은 핸드폰 쥔 손을 내렸다. 벽이 보였다. "혹시 되면, 한번 해 보고 싶기는 해요. 하면, 저 좀 잘할 수 있을 거 같아요." 쑥스러우면서도 내심 뿌듯해하던 선길의 표정이 떠올랐다. 나 좀 데리고 가라며 농담하던 목 씨도, 좀처럼 안 그러면서도 그때는 왠지 신이 나서 앞섶을 두드리며 팀장님, 팀장님 했던 자신도.

눈물이 나오지는 않았다. 다만 무엇을 해야 할지 알 수 없었다. 그 알 수 없음이 공회전하는 엔진의 굉음처럼 귓가에 가득했다.

현경은 일어나 옷을 갈아입었다. 옷가지를 정리하고 별로 흐트러진 것 없는 침대와 창문 옆 자그마한 차탁도 정돈했다. 방 안을 닦고 털고 쓸었다. 방 안을 모두 청소하고는 욕실로 들어갔다. 그 안에서도 얼마 안 되는 것들을 다시 치웠다. 거

울과 수도꼭지, 변기와 타일을 닦고 깔려 있는 세안제와 샴푸, 치약과 칫솔 따위를 정리하고 엉겨 붙은 비눗기를 모두 씻어 냈다. 계속 몸을 움직였다. 가만히 있는 것이 두려웠다. 청소가 끝나자 아직 씻지 않은 것을 깨닫고 현경은 안도감을 느꼈다. 갈아입은 옷을 다시 벗고 뜨거운 물을 틀었다.

곧 김이 차올랐고 거울도 타일도 노란 전등도 뿌옇게 흐려졌다. 현경은 물줄기 속으로 들어갔다. 따스한 물줄기가 머리를 적시고 뺨과 어깨를 타고 흘렀다. 생생히 느낄 수 있었다. 온기, 물방울, 샤워기의 소리와 미지근하다가 점점 따스해지는 타일의 감촉이. 울음이 터져 나왔다. 살아 있었다. 하지만, 선길은 아니었다. 왜 하필 선길이었을까? 왜, 정말 왜? 모든 수모를 겪어 낸 사람이었는데, 그러면서도 포기하거나 도망친 사람이 아니었는데. 견디고 이겨 냈고 이제 겨우 그 결실을 누릴 차례가 된 사람이었는데, 왜? 있을 수 있는 일, 이런 현장에서 누구라도 당할 수 있는 일이라는 것을 잘 알았지만 현경은 도저히 받아들일 수 없었다. 너무 무력해지는 일이었다. 모든 것이 지독하게 무의미해지는, 삶이 한낱 요행일 뿐 나뭇가지에 늘어진 거미줄처럼 아무것도 아님을 인정해야 하는 일이었다. 현경은 고개를 저었다. 하지만 일어난 일이었다. 눈물이 쏟아졌다.

현경은 침대 끝에 앉아 있었다. 외출복 차림이었다. 나가고 싶었지만 어디로 가야 할지 몰랐다. 우두커니 앉아 멀리 있는 겨울 산을 바라봤다. 하늘은 창백했고 구름이 없었다. 오후의 햇살이 눈부시게 쏟아지고 있었다. 창으로는 온순한 바람이 불어왔고 먼 도로에서는 차들이 달렸다. 평온하고 아름다웠지만 실감이 나지 않았다. 다른 세상의 풍경, 다른 세상의 감각 같았다. 하지만 들려온 발소리는 아니었다.

저편에서부터 한 걸음 한 걸음 가까워지는 발소리가 들렸다. 무겁고 둔했다. 모텔 복도가 아니라 진창을 걷는 것 같았고 그 진창은 현경이 지금 허우적거리는 곳 같았다. 어떻게 이런 일이 일어나는 것인지, 이런 일이 일어나고도 세상은 이처럼 환하고 평온한지, 어떻게 이토록 지독하고 무참하게 무의미한 것인지. 발소리는 현경의 방문을 지나 조금 더 가서 멈췄다. 열쇠 꺾이는 소리가 들렸다. 삐그덕 소리를 길게 끌며 문이 열렸고 방 안으로 걸어 들어오는 발소리가 하나하나, 옆 방이 아니라 현경의 방에서, 현경을 향해 다가오는 듯 들렸다. 그런 착각이 드는 것은 현경이 가장 듣고 싶지 않았던 소리였기 때문인지도 몰랐다. 그 방은 선길의 방이었으니까.

성대를 찢는 것 같은 여자의 울음소리가 들려왔다. 현경은 황급히 방문 밖으로 나갔다. 저편에서 다가오던 모텔 주인이 선길의 아내라고 알려줬다. 난감해하는 모텔 주인을 돌려보내고 현경은 잠시 망설였다. 문을 닫고 시간을 주는 것이 맞는지 들어가 위로해 주는 것이 맞는지 판단이 쉽게 서지 않았다.

현경은 안으로 들어갔다. 기척을 느낀 여자가 현경을 쳐다봤다. 눈물이 아니라 피를 흘리는 것 같은 얼굴이었다.

현경이 안아 주자 여자는 통곡했다.

"냄새가 나요, 그 사람 냄새가 나요. 견딜 수가 없어요, 그 사람 냄새가⋯⋯." 여자는 흐느꼈다. 모두 자기 잘못이라고, 자기가 이런 곳에서라도 돈을 벌어 오라고 했다고, 수술 때문에 잠깐 왔을 때, 그 몰골을 봤을 때도 잡지 않았다고, 다 내 탓이라고, 나 때문에 이렇게 된 거라고 울부짖었다. 선길만큼이나 작은, 몸보다 한참 커 보이는 검은색 파카를 입은 여자를 현경은 감싸 안았다. 죄책감에 옹송그린, 울음으로 떨리는 여자의 몸이 현경에게 현실감을 일깨웠다. 선길은 이곳에 없었다. 그렇게 된 것은 누구에게든 일어날 일이 일어났기 때문이었다. 선길이 사고를 당한 것도 누구보다 열심히 했기 때문이었다. 작업관리, 안전관리도 안 하고 규정된 작업들조차 건너뛰는 현장이었기 때문에 가장 성실하고 열심히 했던 선길이 당할 수밖에 없었다. 술판을 벌였던 인부와 기사들이, 이렇게 현장을 굴려 온 소장이 아니라. 그 때문에 여자는 이렇게 자기 탓을 하며 통곡하고 있었다. 선길은 방 안의 냄새로만 남았다. 하지만 여자가 조금 진정한 뒤 꺼낸 말은 뜻밖이었다.

"모르겠어요. 어떻게 현장에서 술을 마셔 가며 할 생각을 했는지. 그렇게 생각이 없는 사람은 아닌데, 준서 병원에 다니면서부터 한번씩 잠이 안 온다면서 술을 하기는 했지만 그렇게 마셔 대거나 하는 사람은 아니었는데, 더군다나 이제는 그럴 일도 없는데, 준서도 집도 모두 더 좋아질 일만 남았다고 생각했는데. 어떻게 그러다 기어이 사고까지 냈는지 게다가 혼자 마신 것도 아니고 다른 인부들한테까지 같이 마시자고까지 했는지." 여자는 다시 흐느꼈다. "다 내 탓이에요. 됐다고, 이제 그만해도 된다고 그때 그 몰골을 하고 돌아왔을 때 내가 말했어야 했는데, 그랬어야 했는데⋯⋯."

현경은 무슨 소린가 싶었고 그제야 선길의 방 탁자와 침대 옆에 놓인 소주병들이 눈에 띄었다. 아니었다. 적어도 자신이 아는 선길은 밤늦도록 숙소에서 술을 마시는, 그럴 만한 사람이 아니었다. 아니 방에서야 모른다 쳐도 현장에서는, 그날 현장에서만큼은 술을 마시지 않았다. 윤 씨가 권하러 왔을 때도 마다하지 않나? 그런데 오히려 선길이 다른 인부들에게 술을 마시자고 했다니? 하지만 여자는 도대체 소장과 인부들이 무슨 이야기를 어떻게 했는지 철썩같이 믿고 있었다. 선길이 술을 마셔 그렇게 사고를 당했다고, 혼자 마신 것도 아니고 다른 인부들까지 같이 마시게 했다고.

소장과 반장에게, 같이 일하셨던 분들에게 미안하다는 말까지 하면서 여자는 자꾸 모르겠다고, 왜 그랬는지 모르겠다고 되뇌었다. 하지만 정말 뭘 모르겠는 사람은 오히려 현경이었다. 어째서 여자는 자기 남편보다 남들 말을 더 믿고 있는 것일까? 슬픔과 상실감 때문일까? 자책감과 죄책감 때문일까? 현장이 어떤 곳인지 몰라서? 아니면 보상처리 때문에? 현경은 아무것도 알 수 없었고 자기 자신조차 알 수 없는 기분이었다. 내가 뭘 잘못 아는 걸까? 내 기억이 어디가 어긋나 있는 걸까? 여자는 피를 흘리듯 울고 선길은 더는 이 방에 없었다. 차라리 뭔가가 틀렸다면 자신의 기억이어야 하지 않을까?

여자가 선길의 짐을 챙기는 사이 방으로 돌아온 현경은 생각이라는 것을 하려고 애썼다. 하지만 그럴수록 더 생각이라는 것을 할 수 없었다. 내가 잘못 기억하는 걸까? 여자가 잘못 아는 걸까? 도대체 무슨 일이 어떻게 벌어지고 있는 걸까? 대뜸 노크 소리가 들렸다. 현경은 화들짝 놀라 문을 쳐다봤다.

"저예요." 아직 울음기가 가시지 않은 선길 아내의 목소리가 들렸다.

현경은 일어나려다 멈칫했다. 다시 보는 것이 별로 좋은 생각 같지 않았다. 모르는 것이 너무 많았다. 아무것도 믿을 수 없었다. 다시 한번 노크 소리가 들렸다. 현경은 대답하지 않고 가만히 있었다.

여자의 발길이 멀어졌다. 처음 왔을 때와 다름없이, 모텔 복도가 아니라 진창을 걷는 발걸음이었다. 질질 끌리는 캐리어 소리가 뒤따랐다.

소장은 부지런히 전화를 돌리고 운전을 해 사람들을 찾아다녔다. 회사와 관청, 기관에서 이 일과 연관 있거나 있을 수 있는 모든 사람과 통화를 하고 직접 만났다. 어설프게 영화나 드라마에서 본 것을 따라 하지는 않았다. 먼저 거래를 제안하거나 돈부터 꺼내 놓는 대신 사과하고 송구스러워했다. 한탄하고 자책했다. 모든 것이 자신의 잘못이라고 가슴을 치고 눈물을 찔끔거렸다. 두려운 사람처럼, 다가올 일들에 속수무책 당할 수밖에 없는 끔찍한 약자인 것처럼.

그런 소장의 모습에 사람들은 안타까움과 궁금함을 느꼈다. 경위를 물어 오면 소장은 떠듬떠듬, 고통스럽게 기억을 헤집듯 말했다. 시작은 선길이 어떤 사람이었는지부터였다. 겨울에 들어설 무렵 현장에 왔던, 뇌종양 수술을 앞둔 아들 때문에 아무 경력도 없이 건설 현장에 뛰어든 가장. 원체 춥고 외진 현장인 데다 선길 역시 왜소하고 경험도 없어 별 도움이 될 것 같지 않았지만 반장에게서 사정을 듣고 난 소장은 충원을 허락하지 않을 수 없었다. "저도 자식이 셋입니다. 어쩐지 그때 느낌이 석연치가 않았지만, 차라리 사정을 모르면 몰랐지 알고도 내칠 수는 없더라고요. 차마 안 되더라고요, 그게."

그렇게 받아들인 선길이었지만 역시나 현장에 좀처럼 적응하지 못했다. 틈만 나면 핸드폰을 꺼내 들고 사라지고 험한 일은 곧 죽어도 안 하려고 들었다. 반장도 인부들도 몇 번이나 좋은 말로 타이르고 또 화도 내 봤지만 소용이 없었다. 결국 반장이 선길을 어떻게 하면 좋겠냐고 상의해 왔다. 소장은 덧붙였다. "저는 반장들하고 그런 대화를 많이 합니다. 이게 크든 작든 결국 다 조직이거든요. 관리자 입장이란 게 참 곤란하고 난감할 때가 많아요. 그런 대화를 하면서 같이 풀어 나가는 거죠. 요즘 세상이 어떤 세상입니까? 독불장군? 안 되죠. 서로 공감하고 이해하고, 그러면서 같이 한 발 한 발 나아가는 거, 그래야 하잖습니까. 반장들은 어떻게 생각할지 모르지만 저는 늘 노력했습니다. 듣고 이해하고 같이 공감하려고요. 공감능력, 요즘 세상 화두가 그거잖습니까."

소장은 이야기를 이어 나갔다. 그래서 자신이 제안한 것이 야간 경비 일이었고 반장 역시 그 안에 동의해 선길을 근 한 달간 현장에 야간 경비로 근무 시켰다고. 워낙 궁벽한 곳이라 도둑들이 올 만하지도 않았고 요소마다 방범용 카메라도 다 설치돼 있어서 필요한 일은 전혀 아니었다고 강조했다. 그렇게 한 것은 순전히 선길의 사정이 딱해서, 뇌종양 수술을 앞둔 아들이 있어서였다. "저도 애 아비 아닙니까. 아들 둘에 딸 하나. 부모 마음이 어떤지 아시잖아요. 저도 그 마음 때문에 어떻게 할 수가 없었던 겁니다. 하루 일당 어디 기부하는 셈 치고 그거라도 해라, 그렇게 시킨 거예요."

거기까지 따라왔으면 사람들은 이미 소장의 손아귀에 들어온 것이나 다름없었다. 소장은 술술 이야기를 풀어 나갔다. 그러다 결국 연말 회식에서, 또 마침 수술도 성공리에 끝났다고 해서 다시 현장으로 복귀시켰고 각별히 관심을 기울이며 현장 적응을 도왔다고. 보람이 없지 않아 선길은 꽤 잘해 나갔고 실적도 무척 좋았다, 모든 사람이 기뻐했지만 사실 가장 기뻤던 것은 바로 자신이었다, 반을 하나 맡길 생각으로 준비하고 본인에게도 알렸다, 그런데 글쎄 선길이 뒤로 조금씩 분위기를 흐리고 있었던 것이다고. 무슨 생각이었는지 지금도 모르겠다, 아무리 춥고 일이 힘들다고 하지만 어떻게 술을 몰래몰래 가져와서 마실 생각을 했는지, 그것도 혼자 먹지도 않고 다른 인부들까지 꾀어다 그렇게 마시라고 했는지. 그때쯤이면 사람들도 한마디씩 했다. "하여튼, 거 없는 사람, 안된 사람들이 왜들 그러는지. 아니, 노가다까지 하면, 그렇게까지 현장에서 일을 하게 해 줬으면, 거참!" 그러면 소장은 오히려 고개를 저었다. "그런 것만도 아닌 게, 이게 또 제 실수, 아니 잘못이에요. 반장 시켜 주겠다고 했더니 기고만장해졌던 겁니다. 싫다는 사람들까지 자기 이제 반장될 거니까 와서 같이 마시자, 마셔라, 그렇게 된 거더라고요, 글쎄. 제가, 제가 다 잘

못한 겁니다. 현장소장이면 사람 보는 눈부터 있어야 하는 건데, 나이도 먹고 이 현장 저 현장 다 굴러 봐서 알 만큼 안다고 생각했는데 제 발등을 제가 찍었습니다. 제가 그랬어요."

소장이 그렇게 말하면 모두 아니라고, 아무리 해도 그렇게까지 생각하실 일은 아니라고 위로했다. 자기들이 소장이 되기라도 한 듯, 더 공감해 주지 못해 미안한 얼굴들이었다. 그리고 자기들 넋두리하듯 한마디씩 했다. 사람 속을 어떻게 아냐고, 차라리 개를 믿지 사람을 어떻게 믿냐고, 그래서 머리 검은 짐승은 거두는 게 아니라는 말도, 사람은 고쳐 쓰는 게 아니라는 말도 있지 않냐고. 그 정도쯤 되면 소장은 수긍하듯 고개를 끄덕이다 왈칵 울음을 터뜨렸다. 정말 아무것도, 더는 믿을 수 있는 것도 의지할 수 있는 것도 없게 된 사람처럼 고개를 저어댔다. "저도 자식이 셋이에요. 내일모레 차례차례 대학 들어갈 자식이 셋인 아비예요…… 현장은 뽑혀 나가고 회사에서는 잘리고 그러면 애들은 어떻게 봐야 할지, 아비처럼 험한 일 안 시키려고 애지중지 키우고 있는 돈 없는 돈 끌어모아 공부시켜 놨는데…… 저만이라면 좋아요. 어차피 다 제가 저지른 잘못들이니까요. 하지만 인부들, 기사들은 또 거기에 딸린 식구들을 생각하면, 정말 고개를 들 수가 없어요. 큰 죄를, 제가 너무 큰 죄를 졌어요. 모르겠습니다, 정말 어떻게 살아가야 할지 모르겠어요. 차라리 콱……."

그렇게 소장의 말로 선길은 어리석기 때문에 끝내 어리석은 선택을 하는 구제불능의 인간, 누구나 엮이게 될까 두렵고 끔찍한 인간이 됐다. 사정은 딱하지만 내심으로는 그럴 만하다 싶은. 소장은 선길이 야간 경비 근무 당시 찍힌 영상들을 보여 줬고 선길의 반이 1위한 공정 자료도 보여 줬다. 사고 당일 한 대리에게 작성시킨, 선길을 반장으로 승급시키겠다는 품의서도 보여 줬다. 반장과 인부들의 증언도 소장의 말을 뒷받침했다. 모두 소장처럼 능숙하지는 않았다. 몇몇은 말이 어눌하고 앞뒤가 안 맞았다. 목 씨는 말 한마디 없이 질문에 고개를 끄덕이거나 젓기만 했다. 하지만 그런 것은 인부들의 나이 때문에, 노가다 판이라는 편견 때문에, 한편으로는 그러니 노가다나 하고 있지 싶은 경멸 때문에 자연스럽게 무마가 됐다.

　　그렇다고 해도 헐거운 진술과 증거 들이었다. 하지만 그것을 쫀쫀하게 엮어 주는 것은 사람들이 자신을 중심에 놓고 있었기 때문이다. 저마다 한두 번씩은 믿었던 사람에게 뒤통수 맞아 본 적이 있었다. 있는 사람일수록 여유 있고 이성적이며 없는 사람일수록 무례하고 몰지각하다는 것도 요즘 세상에는 상식이었다. 편견이되 편견이 아닌 것 같은 그런 경험과 상식이 겹쳐져 선길은 구제불능의 인간으로 못박혔다. 자기들에게 피해를 입힌 그 가해자들처럼 후안무치하고 배은망

덕한 인간. 반면 소장은 너무나 자기들 같은 사람이었다. 아이가 셋인 아버지에 겉보기와 달리 유약하고 선하며 잘못이라면 너무 선해 믿지 말았어야 할 사람을 믿은 잘못밖에 없는, 이제 폭풍처럼 몰아칠 뒷일에 혼자 벌거벗은 채 서 있는 약자이자 어떻게든 돕고 싶고 도와야 할, 바로 자신들 같은 피해자. 사고 처리를 결정지을 수 있는 도청의 담당자는 소장을 위로하며 이렇게 말했다. "간 사람은 가면 그만이죠, 살아남은 사람이야말로 모두 약자입니다. 살아남는다는 것만큼 고단하고 부단히 위협받는 건 없어요. 인생이야말로 연약한 거죠." 가장 큰 책임을 지고 있기 때문에 한편으로는 소장과 이해관계가 일치했던 담당자는 짬짬이 문학작품을 읽고 휴가 중 다녀 온 감성캠프에서 배운 것을 그렇게 감상적인 말을 하는데 써먹었다. 선길은 이제 이곳에 없다는 사실이 던져 놓은 자신의 책임을 지우려. 다른 주요 관계자들도 마찬가지였다. 각자 나름의 방식으로 책임을 미루고 떠넘기려 했다. 소장의 말과 행동은, 구제불능의 인간이 된 선길은 좋은 구실이 됐다. 대놓고 말은 안 했지만 갈 만한 사람이 간 것이라고, 추스르고 서로 의지하며 도와야 할 것은 남은 자신들이라고 은연중에 의기투합했고 그러면서도 겉으로는 소장에 대한 선의와 약자에 대한 공감을 말했다. 증언을 토대로 한 추가 현장 검증도 없었다. 엇갈리는 진술을 확인하는 대질 조사도 없었다.

진행이 될수록 사고는 흔하고 뻔한 사고가 돼 갔고 사람들은 자신들을 속였다. 자신들이야말로 선하다고, 약자와 피해자의 편에 서 있고 그것을 아름답고 의미 있는 행동이라고 여겼다. 공정한 판관의 역할에, 도덕적 우월감에 심취해 갔다. 정작 해야 할 일은 아무것도 하지 않으면서, 어떤 책임도 지지 않으면서, 그저 자기 자신들을 중심에 놓기만 하면서.

소장이 시키는 대로 움직이고 증언했던 반장, 인부들의 행동 역시 다르지 않았다. 반장과 인부들도 선길은 어쨌든 여기에 없고 산 사람은 살아야 한다는 논리로 움직였다. 선길이 아니라 자신들을, 죽음이라는 사실이 아니라 삶에 대한 자신들의 욕망과 처지를 중심에 놓았다. 선길은 이제 없었다. 어차피 세상은 도덕대로 돌아가는 것이 아니었다. 일개 노가다꾼에 불과한 자신들이 뭐라든 어차피 대세에 영향을 미치지 못할 터였다. 반장과 인부들은 서로 선길의 유가족을 위해서라도 이것이 최선이라고 비관하고 체념했다. 그렇게 자신들을 합리화했다. 결국 도덕적 우월감과 도덕적 무력감은 거울에 비치는 똑같은 허상이었다. 낙관과 공감이냐, 비관과 체념이냐는 거울의 종류만 달랐을 뿐.

두 종류의 허위의식이 한 쌍의 엔진처럼 작동했다. 소장이 올라탄 구명정은 질주했다. 관청에서도 회사에서도 소장의 예상 이상으로 모든 일이 수월하게 풀려나갔다. 물론 몇몇 사람들에게는 적절한 금액을 건네야 했다. 자본주의를 사랑하는 소장은 조금도 아까워하지 않고 건넸다. 어차피 계산해 보면 별로 큰 돈도 아니었다. 그 과정에서 잡음이 있었지만 그렇다고 달라지는 것은 없었다. 모두 같은 처지에 있었으니까. 오히려 흥정을 하려는 인간도 있었다. 소장의 흥정 실력에는 턱없이 못 미쳤지만. 면담이 끝날 때마다, 그사이 조사라는 말은 모두 면담으로 바뀌었다, 소장은 속으로 낄낄낄낄 웃었다. 역시나 책임 따위 아무도 지고 싶어 하지 않았다. 선의니 공감이니 하는 소리는 치부를 감추는 속옷이나 다름없었다. 그래서 애초에 되뇌이지 않나. 어차피 돌아가는 건 한 원리라고. 모두 한배에 타고 있었다. 산 사람은 계속 살아야 한다는 한배. 소장은 도청 담당자의 말을 떠올렸다. 인생이야말로 연약한 거라니, 참 고상하고 그럴싸한 말이었다. 그렇지, 인생이야말로 연약하고 위로받고 서로 부둥켜안아 줘야 하는 것이지. 산 사람은 계속 살 수밖에 없고 그래야 하니까. 산다는 건 비용이 들고 계속 비용이 들어가야 한다는 거니까. 인생이란 단지 비용의 문제였다. 전기비, 수도비부터 세금, 교육비, 생활비까지 온갖 비용이 들어갔고 더 많은 비용이 들수록 더 가치 있고 한번 살아볼 만한 인생처럼 보이니까. 그러니 모두 질질 끌려갈 수밖에 없는 것이다. 삶이 청구하는 비용에, 산 사람은 계속 살아야 한다는 노예운반선에.

8

해가 졌지만 현경은 계속 생각만 거듭하고 있었다. 사람이 죽었다. 개도 아닌 사람이. 경찰도 오고 구급대원도 오고 다 왔을 터였고 그 많은 눈이 있는데 무슨 수작을 부린다는 것이 불가능할 것 같았다. 작은 사고라면 현장에서 보험 처리 안 하고 적당히 넘기는 경우도 있었다. 하지만 이건 사망 사고였다. 역시나 잘못 기억하고 있는 게 아닐까? 어쩌면 선길은 윤 씨에게 못 이겨 술 한 잔 하고 왔는지도 몰랐다. 자신이 잠깐 화장실 때문에 자리를 비웠을 때라도, 아니면 그 전에 언제. 아니, 어쩌면 기억이 통째로 잘못된 것은 아닐까? 선길과 목 씨가 새로 온 기사와 작업하고 있었고 정작 자신은 윤 씨와 자재를 내리고 있었던 것은 아닐까? 만약 누군가 옆에서 그렇다고, 그게 맞다고 하면 그렇게 믿을 것 같았다. 그럴 리 없다고 생각하면서도 자꾸 그렇게만 생각되는 것을 현경은 어쩔 수 없었다. 그러다 퍼뜩, 블랙박스에 생각이 미쳤다. 현경은 모텔 카운터에서 굴착기 열쇠를 찾으며 택시를 불렀다.

택시는 어두컴컴한 지방 도로를 빠르게 달렸다. 현경은 초조하게 정면을 바라봤다. 왜 이 생각을 진즉 못 했을까. 기억은 혼란을 가중시킬 뿐이었다. 필요하고 의지해야 할 것은 블랙박스의 영상이자, 사실이었다. 멀리 사무소의 불빛이 보이자 현경은 어쩐지 경계심이 느껴져 오르막을 오르기 전에 택시를 세웠다. 기사에게 잠시 기다려 달라고 말하고 내려서 주차장까지 걸어 올라갔다.

현경은 굴착기에 올랐다. 블랙박스가 있는 자리부터 봤고 당연하게도 블랙박스는 그 자리에 있었다. 안도감을 느끼며 현경은 메모리 카드가 꽂혀 있는 곳을 걸터듬었다. 하지만 아무것도 없었다. 메모리 카드가 있어야 할 자리에는 빈 슬롯뿐이었다.

현경은 핸드폰 조명을 켜 좌석 아래를 구석구석 살폈다. 레버 뭉치 좌우, 창틀, 음료수 거치대까지 모두 뒤졌다. 없었다. 누가 가져간 것이었다. 달리 설명할 수 없었고 오후에 들은 선길 아내의 말이 그 추측을 더욱 확신시켰다. 무슨 일이 벌어지고 있는 것이 분명했다. 하지만 할 수 있는 것이 아무것도 없었다. 현경은 절망적인 한숨을 내쉬며 창문에 머리를 쿵쿵 박았다. 뭘까, 도대체 무슨 일이 벌어지고 있는 걸까. 왜 이제 왔을까, 더 빨리, 한 대리 전화를 받았을 때 그때 바로 올 생각을 못 했을까! 다시 기억뿐이었다. 얼마든지 틀렸을 수도, 왜곡됐을 수도 있는 기억 말고는 아무것도 없었다. 그때 시거잭이 눈에 띄었다. 충전 선이 연결돼 있었다.

선길의 부탁으로 설치한 액션 캠 충전 선이었다. 현경은 황급히 운전대 아래를 더듬었다. 액션 캠이 있었고 안에 메모리 카드도 있었다. 현경은 전원을 켰다. 하지만 전원이 들어오지 않았다. 방전된 모양인지, 아니면 아예 안 켰던 것인지 알 수 없었다. 종종 깜빡하고 안 켰다가 선길에게 미안해했던 적이 있었다. 어쨌거나 현경은 일단 액션 캠을 챙겨 굴착기에서 내렸다.

택시에 탄 현경은 잠시 머뭇거렸다. 모텔로 가는 것이 불안했지만 달리 갈 만한 곳이 떠오르지 않았다. 어쩔 수 없이 모텔로 돌아가 달라고 했다. 확실히 무슨 일이 벌어지고 있었다. 하지만 마음 한 켠에서는 제발 아무 일이 아니었으면 싶은, 차라리 자신이 잘못 기억한 것이었으면 싶었다. 확실히 녹화가 됐기를 바라면서도 차라리 아무것도 안 돼 있었으면, 고장나 안 켜졌으면 하는 마음도 자꾸 들었다. 블랙박스 때문에 왔고 뒤늦게 온 것을 후회까지 했으면서도 막상 가능성을 손에 넣자 두려웠다. 가슴이 두근거려 견딜 수 없었다. 현경은 액션 캠을 꽉 움켜쥐었다.

현경은 카운터 앞을 조용히 지나쳤다. 서두른 걸음으로 소리 없이 복도를 걸었고 문을 열기 전 잠시 귀를 대고 인기척을 확인했다. 문을 연 뒤에도 잠시 정면을 응시한 채 귀를 기울였다. 아무도 없다는 느낌이 들고서야 안으로 들어가 바로 문을 걸어 잠갔다. 현경은 불을 켜지 않고 가방에서 노트북을 꺼냈다. 전원을 켰다. 화면이 뜨자 액션 캠에서 뺀 메모리 카드를 집어넣었다. 스크롤을 내리며 파일명의 날짜를 확인했다. 있어라, 제발 있어라.

영상이 있었다. 다시 한번 날짜를 확인했지만 분명 어제 날짜가 맞았다. 현경은 바로 영상을 열었다.

영상은 현경이 선길, 목 씨와 작업을 시작한 직후부터 시작했다. 환한 오후 햇살이 너르고 누런 비포장도로 위로 쏟아졌다. 기억대로 목 씨와 선길이 콘크리트관 작업을 했고, 저 앞에서 새로 온 굴착기와 덤프트럭이 자재를 내리고 있었다. 현경은 빠르게 앞으로 넘겼다.

윤 씨가 다가왔고 셋이서 농담하며 놀았고 현경이 다시 올라왔다. 작업이 이어졌다가 잠시 작업이 멈췄다. 현경이 화장실을 다녀왔고 다시 작업이 이어지다가 그 순간, 사고가 났다. 선길이 뒤로 굴러떨어지는 모습이 그대로 잡혀 있었다. 다행히 선길의 시신은 카메라 각도 때문에 보이지 않았다. 하지만 현경은 잠시 숨을 제대로 쉴 수 없었다. 그때의 떨림이, 혼절까지 했던 아찔함이 되살아나 몸이 떨려 왔다. 숨을 몰아쉬며 진정한 다음, 현경은 영상을 계속 진행시켰다. 사람들이 몰려오고 얼마 뒤 반장이 차를 몰고 왔다. 이어 소장의 차가 굴착기를 지나쳐 앞에 섰다. 차에서 내린 소장이 구덩이 앞으로 걸어왔다. 조금도 흥분하지 않은, 냉혹한 의지가 느껴지는 걸음걸이였다.

소장이 반장과 대화하는 중에 한 대리의 차가 멈춰 섰다. 한 대리가 현경을 안아 들고 차에 싣는 모습이 스쳐 지나갔다. 차가 떠나자 소장은 다시 반장과 대화했다. 아직도 술기운 때문에 얼굴이 불쾌한 윤 씨와도, 넋 나간 사람처럼 쭈그리고 앉아 두 손으로 얼굴을 감싸고 있던 목 씨와도 대화했다. 화내거나 흥분한 기색은 전혀 없었고 조사관처럼 건조한 표정으로 묻거나 들었다. 종종 다독여 주듯 부드럽게 웃기도 했다. 그렇게 목 씨와 대화를 끝낸 뒤 소장은 다시 윤 씨를 불렀다. 그러고는 다짜고짜 윤 씨의 뺨을 후려쳤다. 모두 놀라 쳐다봤지만 아랑곳하지 않고 다시 한번 정강이를 걷어찼다. 사나운 표정으로 몇 마디 했고 윤 씨는 절뚝거리며 트럭 쪽으로 가서 숨겼던 박스를 가져왔다. 앞에다 내려놨다. 술과 음식, 휴대용 가스렌지 들을 때려넣은 박스였다.

소장은 기가 찬다는 듯 쳐다봤지만 흥분하지 않았다. 빠르게 주위를 살피고 트럭과 굴착기 기사, 다른 인부들과 몇 마디씩 짧게 대화했다. 내용은 굴착기 엔진 소리 때문에 아무것도 들리지 않았다. 소장이 지시를 내리기 시작했고 갑자기 인부들이 움직이기 시작했다. 그즈음 다시 한 대리가 도착했다. 현경을 내려놓고 현장에 돌아간 것이었다. 한 대리는 양손 가득 보따리를 들고 있었다. 소장은 그때부터 어딘가와 통화를 시작하며 손짓으로 한 대리에게 지시했다.

한 대리가 인부들을 불러모은 다음 보따리를 풀었다. 안전장구들이 쏟아져 나왔다. 인부들이 서둘러 착용했다. 엉망진창이었다. 벙거지 모자를 썼다 벗어 주머니에 넣고, 사제 운동화와 등산화를 챙겼다 다시 한 대리가 내민 봉투에 던져 넣고, 작업복 점퍼를 입고 패딩 점퍼를 다시 입었다 벗었다가. 그사이 통화를 끝낸 소장은 한 대리를 불렀다. 뭔가를 지시했고 한 대리는 맥없이 고개를 끄덕였다. 소장은 구석에서 난리법석인 인부들을 끔찍하다는 듯 보고 있던 목 씨에게 다가갔다. 무슨 말을 했다. 목 씨는 고개를 저었다. 다시 소장이 몇 마디 말하자 목 씨는 벌떡 일어나며 절대 안 된다는 듯 손을 내저었다. 하지만 여전히 소장이 웃는 얼굴로, 온화하고 다정스럽기까지 한 낯빛으로 몇 마디 말하자 얼굴을 감싸며 주저앉았다. 소장은 나란히 앉아 목 씨의 어깨를 다독거렸다. 다시 몇 마디 말을 했고 목 씨는 천천히 일어섰다. 걸어가 인부들과 마찬가지로 한 대리가 가져온 안전모와 다른 장구들을 착용했다. 소장은 다시 핸드폰을 귀에 대며 앞서 자재 하역을 했던 굴착기 기사에게 뭐라고 말했다. 현경의 굴착기를 손짓으로 가리켰고 기사가 고개를 끄덕인 뒤 현경의 굴착기 쪽으로 다가왔다. 기사는 굴착기에 올라타고 거칠게 문을 닫았다. 영상이 흔들렸고 기사의 목소리가 들렸다. "영감탱이들 말 더럽게 많네. 와꾸 나왔으면 빨리빨리들 움직일 것이지." 기사는 시동을 걸어 현경의 굴착기를 앞으로 몰았다. 자기 굴착기가 있던 자리를 지나쳐 모퉁이를 돌아 현장에서는 아예 보이지도 않을 곳에.

영상은 이후로 아직 공사를 시작하지 않은 구간만 찍혀 있었다. 뒤에서 무슨 일이 벌어지는 동안 다만 고요하고 황량한 비포장의 너른 길만 보여 줬다. 주위가 조금씩 어두워졌다.

다시 뭔가가 찍힌 것은 아까 그 기사가 현경의 굴착기에 올라탄 뒤였다. 기사는 굴착기를 돌려 현장이 있던 곳을 지나쳤다. 경찰차도 구급차도 보이지 않았고 인부들도 없었다. 다만 구덩이에는 없던 흙막이 공사용 패널이 있었다. 이전 작업했던 구간에도 패널이 설치돼 있었고 자재들 밑에는 빠짐없이 고임목이 받쳐져 있었다. 굴착기는 계속 달렸다. 익숙한 도로가 나왔고 계속 달려 이윽고 사무소 주차장 앞의 오르막길을 탔다. 전화벨 소리가 들렸고 기사가 전화를 받았다.

"블랙박스요? 예, 확인했습니다." 배달 주문을 받는 것 같은 목소리였다.

영상은 주차장 옹벽을 찍다가 끝났다. 배터리가 다 닳은 것이었다.

현경은 노트북을 거의 떨어뜨리다시피 했다. 맥이 풀렸다. 온몸의 피가 호스를 타고 모조리 빠져나간 것 같았다. 어지러웠다. 절망적으로 어지러웠다.

현경은 조심스러우면서도 다급하게 문을 두드렸다. 5층에 있는 목 씨의 방이었다. 목 씨가 안에서 누구냐고 물었지만 현경은 대답하지 않았다. 문이 열렸다. 목 씨는 러닝셔츠에 운동복 바지를 입고 있었다. 퀭한 얼굴이었다. 현경은 혼자냐고 물었다. 목 씨는 대답하지 않고 안으로 들어갔다.

등을 켜지 않은 방에는 텔레비전만 소리를 죽인 채 빛을 내고 있었다. 담배 냄새가 지독했다. 탁자 위에는 빈 소주병과 찌그러진 담뱃갑, 넘친 재떨이가 보였다. 목 씨는 한잔하겠냐고 물었다. 현경은 대꾸하지 않았다. 목 씨는 자작해서 한 잔을 비우고 다시 자작했다.

현경은 영상 이야기는 꺼내지 않았다. 어쨌거나 목 씨 역시 이 일에 가담해 있었다. 선길의 아내가 왔었다고, 사고가 술 때문이라는 이야기를 들었다고만 말했다. 현경은 목 씨를 똑바로 쳐다봤다. "도대체 지금 무슨 일이 벌어지고 있는 거예요? 아시잖아요, 술 때문이 아니라는 거, 다른 사람은 몰라도 아저씨는 아시잖아요!"

목 씨는 텔레비전만 쳐다봤다. 주름진 얼굴에 박힌 늙은 눈에서 텔레비전 영상이 번들거렸다. "나는 할 말이 없다. 묻지 마라. 아무것도 묻지 마라, 나한테."

"아저씨!"

"다 소용없어. 그렇게 된 일이고 그렇게 될 수밖에 없는 일이야." 목 씨는 술잔을 비운 뒤 다시 텔레비전으로 눈을 돌렸다. "곧 너한테도 소장이 연락할 거다."

"무슨 연락요?"

목 씨는 입꼬리를 실그러뜨렸다. 웃음처럼도 울음처럼도 보였다. "할 말이 없어지는 연락."

"그게 대체, 도대체 무슨 말씀이에요?"

"사람 죽어 나가는 꼬라지 보기 싫어서 여기까지 굴러왔는데, 그래서 못하는 인간은 참아도 대충 하는 인간은 안 참았던 건데, 결국 여기 와서도 이 꼴을 보는구나, 나는. 팔자인 모양이야." 목 씨는 자작했다. "연락이 올 거고, 너는 너한테 제일 좋은 선택을 해라. 나는," 목 씨는 잔을 마시고 후끈한 숨을 내쉬었다. "어쩔 수 없는 선택을 했다."

현경의 얼굴이 냉정해졌다. 목 씨의 자기 연민이 잔인하고 끔찍했다. 살아 있었다. 담배도 피우고 술도 마실 수 있을 만큼, 살아 있었다. 선길은 그렇지 않은데. "얼마예요? 입 다물어 주는 대가로 얼마나 받기로 하셨는데요? 멀쩡한 사람 술꾼으로 만들어 관에 집어넣는 대가로 도대체 뭘 얼마나 받기로 하신 건데요?"

"얼마를 받았다고 하면 이 방에서 조용히 나가 줄 테냐?"

현경은 참담한 얼굴로 목 씨를 쳐다봤다.

"보상은 그럭저럭 부족하지 않게 해 줄 거다. 그걸로 말이 새 나가면 더 골치 아파질 테니까. 무엇보다 이미 일어난 일이다. 이미." 목 씨는 현경을 봤다. "선길인 갔어. 갔고 다시 못 와. 산 사람은 살 수밖에 없는 거고. 누가 얼마를, 뭘 받든 받지 않든." 목 씨는 고개를 떨군 채 담뱃불을 붙였다. 한 모금 빨다가 내려놓고 재떨이에 끼웠다. 희미한 연기를 한숨처럼 내뱉었다.

"잘못하는 거잖아요. 이러면 안 되는 거잖아요! 다른 사람이면 몰라도 아저씨까지, 어떻게 아저씨까지!"

"누구에게 잘못이란 말이냐?" 목 씨는 현경을 봤다. "많이 봤다, 나는. 더한 것도, 덜한 것도. 아무 소리 나지 않고 줄 거 주고 받을 거 받는 게 제일 좋은 거다. 받을 수 있는 만큼, 최대한 많이. 그게 전부야. 길고 시끄러워질수록 어차피 회사라

는 데는 별 타격 없어. 왜 그런지는 나도 모르겠는데 그렇게
되더라. 갈려 나가는 건 항상 받는 쪽이고 없는 쪽이야. 이미
못 돌아오는 사람을 몇 번이나 속에서 꺼냈다 다시 죽여 가
며 울고불고 통곡하는데 그 고통과 비용을 치르는 것도 결국
다 그 사람들이 되고. 그게 왜 그렇게 되는지도 나는 모르겠
지만, 그렇게 되더라. 내가 아는 건, 이 나이가 되도록 보고 겪
은 건 그뿐이다. 그게 전부야." 목 씨는 텔레비전으로 다시 늙
은 눈을 돌렸다.

"아저씨!"

"너는 네 선택을 해라. 그것까지 뭐라고 하지는 않으마." 목
씨는 소주잔을 현경 앞에 놓았다. "선길인 없다, 이제. 여기에
도 없고 어디에도 없어. 여기엔, 우리밖에 없다. 우리밖에는.
그게 사실이야. 달라지지 않는 건, 어쩔 수 없는 건 그거다.
그뿐이야. 한잔할 거면 받고 아니면 나가 주면 좋겠다."

"비겁해요, 이건 비겁한 거라구요!"

목 씨는 서글픈 눈으로 현경을 쳐다봤다. "그것도 산 사람
몫이지."

날이 샜고 방으로 돌아온 현경이 밤새 안간힘을 써서 쥐어
짜 낸 것은 뭐라도 할 수 있는 건 자신밖에 없다는, 보잘것없
는 사실이었다. 두려웠다. 하지만 그렇기 때문에 더욱 냉정해

져야 했다. 숙소에서 2층에 방을 구하는 것과 마찬가지였다. 혼자이고 어떤 일이든 일어날 수 있다고 해서, 고스란히 당해야 한다는 뜻은 아니었다. 오히려 더 차갑고 똑똑하게 생각하고 행동해야 한다는 의미였다. 두려움에 멈춰 서서는 안 됐다. 달려오는 차 앞에 꼼짝달싹 못 하는 것은 고라니들이나 하는 짓이었다.

하지만 도대체 무엇을 할 수 있을까? 갖고 있는 것은 조작 현장이 찍힌 것도 아닌, 그것을 추정할 수 있는 정도의 영상 뿐이었다. 목 씨마저 저 정도니 다른 인부들은 더욱 입을 굳게 다물 터였다. 선길의 아내는 더 말할 것도 없었다. 이미 한없이 괴로워하는 중이었고 그 때문에 어딘가 이상하다는 것조차 알아차리지 못했다. 또 선길의 아내에게 모두 사실이 아니라는 말을 해 봤자 무엇이 달라지는 걸까? 보상금의 액수? 기간? 사람이 다시 돌아오는 것도 아닌데 그게 중요할까? 혼자 돌봐야 하는, 수술은 끝났다지만 회복까지는 멀고도 힘들 아들까지 있는 상황에서? 선길의 아내도 그것까지 다 알기 때문에 자책하기나 하며 통곡했던 것은 아닐까? 목 씨의 말대로 최대한 많은 보상을 빨리 받는 것이 상책이었다. 이대로 흘러가는 대로 두는 것이 최선이었다. 소장도 보통 사람이 아니었다. 장비에 있던 블랙박스조차 챙겼을 정도면 다른 증거는 물론이고 증거가 될 만한 것들까지 모두 정리했거나 곧 그렇게 될 터였다. 완고한 목 씨를 저 정도까지 돌려놓은 것을 보면, 이틀이 지난 지금껏 아무 일도 없는 것을 보면 알게 모르게 모두 이미 소장의 편에 서거나 설 수밖에 없었다고 봐야 했다. 할 수 있는 것이 없었다. 정말 아무것도.

선길은 음주 운전자나 다름없는 말종이 되고 만 것이었다. 안전 장구도 착용 안 하고 술까지 마시다 사고를 당한, 사람들이 그러니까 노가다나 하겠거니 생각들 할, 피해자가 아니라 현장과 다른 인부들에게 오히려 가해를 저지른 막장 노가다꾼. 아득한 절망감과 함께 다시 한번 현경은 두려움을 느꼈다. 상황을 이렇게 만든 것은 소장만이 아니었다. 소장의 뜻대로 그편에 섰을 사람들과 그렇게 선길을 오해하고 사고를 덮어 버릴 세상이 현경은 모두 두려워졌다. 현경의 시선이 벽에 닿았다. 선길과 공유했던 그 벽이 나누는 것은 이제 방이 아니라 살아 있음과 죽음이었다. 선길은 벽 너머에 있었고 현경 자신은 벽 이쪽에 있었다. 살아 있고 계속 살아야 한다는 이유로 모두 죽은 사람처럼 입을 다물기로 한 그 사람들과.

살아 있고 살아간다는 것이 진저리쳐졌다. 사람이라는 것도 끔찍하도록 나약하고 무력했다. 헤드라이트 앞에서 꼼짝달싹 못하는 고라니처럼, 명멸하는 텔레비전으로 자꾸 희뿌연 눈을 돌리던 목 씨처럼. 현경은 지금의 자신이 무엇을 할 수 있는지, 또 왜 그래야 하는지 알 수 없었다. 그저 적막한 벽을 볼 뿐이었다. 그 어떤 벽보다 두껍고 완강하게 서 있는, 모텔방의 얇은 벽을.

현경은 조금씩 옅어지는 창문을 속수무책 지켜봤다. 당장은 그 사람들, 살아 있되 죽은 사람처럼 입을 다물기로 한 그 사람들과 이전처럼 다시 일을 해야 한다는 게 몸서리쳐졌다. 도망가고 싶었다. 차라리 사라지고 싶었다. 하지만 핸드폰이 울렸다. 한 대리였다. 현경은 선뜻 받아지지가 않았다. 한 대리도 다른 인부들처럼 이제 어떤 사람인지 알 수 없었다.

한 대리는 하루 더 쉬시라고, 소장님이 그렇게 하시라 말했고 이따 연락도 따로 할 것이라고 했다. 어제와 사뭇 다른 사무적인 말투였다. 그저 말을 전할 뿐이라는 듯. 올 것이 왔다는 사실에 가슴이 철렁하면서도 현경은 울컥하는 반감을 느꼈다. 어떻게 이렇게 말할 수 있나, 억울한 사람이 누구인데 감히 이렇게 말하나. 혼탁하던 머리가 오히려 명징해지는 것을 느꼈다. "정리는 다 됐나요?"

"무슨 정리를……?"

"선길 씨 일요."

한 대리는 잠시 말이 없었다. "소장님께서 말씀해 주실 겁니다. 아셔야 할 건 다 말씀해 주실 거예요."

"한 대리님," 현경은 깍듯하게 불렀다. "한 대리님이 아시는 건 뭔데요?"

침묵 끝에 한 대리가 말했다. "소장님께서 모두 말씀해 주실 겁니다."

"선길 씨, 정말 술 때문에 사고 당한 건가요? 그게 사실인가요?"

한 대리는 아무 답도 하지 못했다.

"술 마셔서, 술에 취해서 그렇게 사고 당한 게, 다른 인부들이 아니라 저랑 목 씨랑 일했던 선길 씨가 그렇게 된 게, 그게 사실인가요?"

한 대리는 결국 말을 돌렸다. "소장님께서 말씀해 주실 겁니다. 제가 가 봐야 해서…… 이만 끊겠습니다."

통화는 그대로 끊어졌고 현경은 침대에 가만히 앉아 있었다. 왜 갑자기 물어볼 생각이 들었는지, 그렇게 몰아세우기까지 했는지 모를 일이었다. 일종의 안간힘, 비명 같은 것이었는지도 몰랐다. 하지만 그 덕분에 이상하게도 자그마한, 촛불 같은 위안은 느낄 수 있었다. 선길은 술 때문에 죽은 것이 아니었다. 사실은 그 하나뿐이고 나머지는 모두 그것을 겹겹이 싼 포장지에 불과했다. 그러나 그 깨달음이 준 위안은 역시나 촛불처럼 이내 꺼져 버렸다. 단 하나뿐인 그 사실이 점점 중요하지도, 당연하지도 않게 느껴지는 것은 아무 소용도 가치도 없기 때문이었다. 살아 있고 계속 살아야 하는 사람들에게 필요하고 가치 있는 것은 그 포장지였다. 무덤의 크기, 봉분의 높이가 중요한 것처럼.

현경은 고개를 파묻었다. 아무리 움직여 보려고 해도 그럴수록 더 친친 감겨드는 덫에 걸린 것 같았다. 어떻게 소장을 만나야 할지 만나서 무슨 말을 해야 할지 알 수 없었다. 결국 자기 역시 다른 사람들과 똑같아질 수밖에 없었다. 그것이 살아 있고 계속 살아야 하는 사람의 숙명인 것 같았다. 잔인하고 비겁하게 거짓말하거나 침묵하면서, 자신의 잘못과 죄를 죽은 사람에게 떠넘기면서. 그것이 산 사람의 몫, 생존의 대가 같았다.

9

소장은 오후 작업을 시작할 시간 즈음에 전화했다. 모텔 근
처에 와 있다고, 가까이 있는 자그마한 다방에서 보자고 했
다. 현장에서 잠깐 마주쳐 몇 마디 할 때 같은 투였다.

구식 소파와 흰 레이스 보를 씌운 테이블이 있는 다방이었
다. 한가한 겨울이라 안에는 사람들이 꽤 있었다. 소장은 입
구에서 멀지 않은 자리에 앉아 있었다. 현경이 들어서자 손을
들어 보였다. 선이라도 보러 나온 사람처럼. 종업원에게 소장
은 커피 두 잔을 시켰다. 역시 무례해서라기보다 피차 뭘 마
시러 온 것은 아니니 나름 배려한다는 투였다.

"밤부터 눈이라네. 이번엔 진짜 온다고, 많이 오면 모레까
지 온다나 봐."

현경은 대꾸하지 않았다.

"기어이 공치게 생겼어. 구정 전까지는 어떻게든 끌고 가 보려고 했는데 이렇게 자꾸 발목이 잡히네. 한파 때문에 그렇게 생고생을 시키더니 이제 또 눈이야. 여기 달린 입이 몇 갠데. 하늘도 참 인정사정이 없어. 정이 없어, 하늘이란 건." 소장은 현경을 넌지시 쳐다봤다.

현경은 자기도 모르게 시선을 피했다. 종업원이 커피 잔 두 개를 가져왔다.

종업원이 떠나자 소장이 말했다. "전화기는 꺼내 놓고 시작할까? 허심탄회한 대화가 필요할 거 같은데."

현경은 생각도 안 하고 있던 것이었다. 무기력하게, 현경은 핸드폰을 꺼내 놨다.

"잠시만." 소장은 핸드폰을 들어 화면을 확인했다. 아무 문제가 없는 걸 보고 다시 현경 앞으로 밀어 놓았다. 옆자리의 작고 뚱뚱한 가방에서 케이스에 담긴 통장과 카드를 내놓았다. "3000이야. 탈 안 나는 통장이고 걱정 안 해도 돼. 나도 쓰는 데서 만든 거니까." 소장은 상냥하게 웃었다. "차대도 조금 있으면 우리 경리가 은행 가서 꽂아 줄 거야. 지난달 것까지만." 소장은 커피를 한 모금 마시며 현경을 살폈다. "현장 일은 지난달까지만 일한 걸로 정리하고 나머지는 여기, 이걸로 통치자고." 소장은 통장을 톡톡 두드렸다.

현경은 두꺼운 유리 위에 통장처럼 보이는 어떤 것을 가만히 보고만 있었다. 너무 뻔한 상황인데도 실감이 안 났다. 의아했다. 이 사람은 어쩌면 이렇게 쉬울까, 순진해 보일 만큼 믿고 있는 걸까? 선길에 관한 사실은 조금도 중요하지 않다고, 그것을 싼 포장지만이 중요하다고. 두려웠다. 소장이 너무 태연해서 겁이 났다.

"이달이라고 해 봐야 이제 열 개 남짓 아냐. 이거면 한 달에 스무 개씩, 석 달 친데 솔직히 나쁘지 않지. 정 힘들면 한 달쯤 쉬다 다른 데서 일하면 곱절로 버는 거고. 뭐, 바로 일하면 그만큼 득이고."

현경은 한숨을 내쉬었다. 아득한 절망감이 밀려왔다. 그 느낌이 견딜 수 없이 싫으면서도 어쩔 수 없었다.

"더 필요해? 내 돈으로 500 더 쏴 주면 되겠어? 열 개 더 치는 걸로, 깔끔하게." 현경의 표정에 소장은 난감하다는 듯 고개를 비스듬히 돌렸다. "여기서 더 달라고 하면 나도 정말 수가 없어. 결국 선길이한테 갈 돈 깎아서 내주는 수밖에 없는 거야. 서 기사도 그렇게까지 할 생각은 아니잖아. 안 그래?"

"목 씨 아저씨한테는 얼마나 주셨는데요?"

소장은 의외라는 듯 잠시 현경을 봤다. 하지만 순순히 말했다. "거길 뭐 하러 줘. 말했듯이 이건 서 기사니까 챙겨 주는 거야. 노인네들이야 현장 안 잘리는 것만으로도 감사해야지. 이게 다 누구 때문에 벌어진 일인데."

"아저씨가 아무 조건도 없이 그렇게 하기로 했다구요?" 다른 사람들이야 지은 죄들이 있으니 그런다지만 목 씨는 자신처럼 현장 목격자였다.

"목 씨가 역시," 소장은 사뭇 존경스러운 표정을 지었다. "의리가 있더라고. 현장이 어떻게 돌아가는지도 잘 알고. 자기가 거기서 엇나가면 다른 인부들이 싹 날아가는 거거든. 거기만 그래? 현장 전체가 위태위태해지는데? 여기 딸린 입이 몇 갠데." 소장은 현경을 넌지시 쳐다봤다. "그래도 그 현장에서는 도저히 일하기 힘들 것 같아 반 하나 맡아서 해 보라고는 했어. 사람들 떼서 아예 다른 현장으로 옮겨 주려고."

"장비 기사한테는요?"

소장은 짜증스럽게 현경을 쳐다봤다. "뭐가 궁금한 거야? 부족해서 그래? 500이나 더 얹어 줘도?"

"블랙박스 메모리, 없던데요."

"그건 내가 모르는 일이고, 난 그 친구 일을 잘하는 거 같아서 계약서만 새로 한 장 썼어. 현장 끝날 때까지 계속하기로. 아, 일을 아주 잘하더라구. 나이도 얼마 안 됐는데, 일머리가 아주 팍팍 돌아가."

"저한테는 왜 이렇게 너그럽게 챙겨 주시는 건데요?"

"서 기사니까. 아, 우리 좋았잖아. 일도 잘하고 멧돼지 걱정 해서 자기가 비닐하우스에 작업도 해 주고. 그래도 사고가 그렇게 났으니 아무래도 계속 일하기는 힘들 거 아냐, 그 험한 꼴을 봤으니까. 여잔데, 당연하지. 서 기사가 남자였으면 나도 이렇게까지 안 해. 이게 뭐야, 서로 민망하게. 그냥 좋은 데 가서 술 한잔 진하게 먹고 툭 털어 버리지. 남자들은 그래. 그게 되거든, 툭 터는 거. 그렇다고 서 기사가 안 그렇다는 게 아니라 아무래도 있잖아. 정신적 충격이라는 게. 이해해, 나도 딸 키우는 부모야."

"대체 무슨 말씀 하시는 거예요? 말이 된다고 생각하세요? 멀쩡한 사람을 술 먹고 사고 낸 걸로 조작하신 거잖아요!"

소장은 조금 어처구니없다는 듯 현경을 쳐다봤다. "그래서, 뭘? 뭘 얼마나 더 원하는 건데? 그냥 액수를 얘기해. 나도 노력은 해 볼게."

현경은 손이 떨려 왔다.

"말해 보라니까? 아니면, 혹시 사과 같은 거 듣고 싶어서 그래? 내가 서 기사한테 사과할 일은 없는 거 같은데? 메모리 카드 빼 갔다고? 그건 나 아니라니까? 난 몰라."

"그 얘기가 아니잖아요!"

소장이 씩 웃으며 몸을 당겼다. "무슨 오해가 있나 본데, 서 기사. 이건 누누이 말하지만 서 기사한테 주는, 일종의 회사

차원에서 나가는 보상금이야. 정신적 충격에 대한. 차대도 포함돼 있고."

"제가 왜요? 보상받을 사람이 따로 있는데 제가 왜요?"

"우리 서 기사 일머리는 참 좋으면서 요런 머리는 살짝 아쉽네." 소장은 웃었다. "그 왜 국도 깔다가 뽑혀 나간 회사 있잖아? 안전사고 난 게 중앙지에 실려서. 거기도 우리 회사처럼 딴 데서 들어온 회사야. 참, 안됐어. 외지에서 그렇게 들어와 입찰 따자면 면사무소, 군청, 도청까지 기름칠을 좀 했겠어? 자재 구매부터 현장 폐기물, 물류까지 업체, 장비, 차 다 새로 세팅하는 데 비용은 또 얼마나 들었겠어? 그거 다 쓸려나간 거야. 한 푼도 못 건지고. 회사에서는 환장하지. 아, 물론 안전 관리, 작업 관리 못한 잘못은 있다지만, 아니 그렇게 해서 겨우 비집고 들어갔는데 언제 작업 관리, 안전 관리 에프엠대로 다 하냐고? 들어간 돈이란 게 있잖아, 안 그래? 그 회사 말이야. 지금 부도가 나네 마네, 그러고 있어. 그렇게 사고 나서 현장 나가리 나잖아? 당장도 문제지만 다음번이 더 문제야. 입찰조차 못 넣는 데가 수두룩해지고 어찌어찌해서 넣어도 낙찰받으려면 기름칠을 몇 배나 해야 한다고. 노력을, 정말 수많은 노력을 해야 되는 거야. 그것만 그래? 협력 업체들은? 공사 보험 받는 보험사들은? 자잘하게 요율, 비용 다 오르고 그러면서도 걱정 마라, 문제없다 구슬려 가면서 일일이 새로 감아야 돼. 맨입으로 돼? 다 뭐라도 쥐어 줘야 할 거 아냐. 이게 그냥 현장 하나 나가리되고 마는 게 아니야. 사람 하나 죽는 게 보통 일이 아니잖아. 현장 아니라 회사까지 휘청휘청하는 거야. 회사에 현장이 그 하나뿐이겠어? 명색이 회산데? 보상금, 재해보험? 앉아 있으면 다 착착 처리돼서 금방 나올 거 같지? 회사가 가만히 있겠어? 그 지경이 되는데? 사고다 아니다부터 해 가지고, 아유 말도 마. 회사도 갈 데까지 가는 거야. 수가 없거든. 나는, 받았다가 도로 토해 내다 못해 징역까지 산 인부도 봤어. 보험 사기라고. 참, 기가 막히지?"

현경은 소장을 쳐다봤다. 대단했다. 안색 하나 바꾸지 않고 그것도 다른 회사 얘기로 협박 아닌 협박을 하고 있었다. 이거 다 네가 감당할 수 있겠냐고, 책임질 수 있겠냐고. 올가미 같은 그 말에 현경은 숨이 막혔다. 하지만 선길은 술 때문에 죽은 것이 아니었다. 그렇게 만든 것은 소장이었고 책임지고 감당해야 할 사람도 소장이었다. 그 당연한 것이 당연하지 않은 지금이었지만 그래서 현경은 그 사실을 간절히 움켜쥘 수밖에 없었다. 현경은 더 직설적으로 물었다. 한 대리에게 그랬던 것처럼. "그래서, 이렇게 사고 정리하고 현장 계속 돌리시면 소장님은 얼마나 버시는 건가요?"

"에이, 무슨." 소장은 웃으며 손사래 쳤다. "서 기사도 알잖아. 30년 전도 아니고 현장소장이 무슨 큰돈 벌어? 요즘 세상에 뭐든 다 그렇지만 위에서 굴러 내려오면 토막, 토막, 토막 다 그렇게 토막이 난다고. 나한테 돌아오는 건 한 동가리도 안 돼. 그걸 갖고 현장 굴려 가면서 월급이나 벌어먹고 사는 거야. 사고 처리도 일이야, 일. 자재 태우고 자금 돌리고 반하나 장비 하나 더 넣고 빼고, 그런 거랑 똑같은 거야. 나한테 떨어지는 건 아무것도 없어. 아, 정말이야." 소장은 피식 웃었다. "그냥 하던 일이나 계속하는 거야. 먹고사는 거라구. 나나서 기사나, 우리 한 대리나, 반장들이나 다 똑같잖아. 우리 모두 요기에서," 소장은 탁자 한 켠에 있던 통에서 각설탕을 꺼내 툭 떨어뜨렸다. 모서리가 부서지며 설탕 가루가 떨어졌다. "요 덩어리도 아니고 요거야. 한 톨씩 떨어져 있는 요거, 요런 거나 빨아먹고 사는 거야. 개미야, 우리 다 똑같은 개미 새끼들이라고."

현경은 차라리 쓴웃음이 나왔다. 그랬다. 개미 새끼라고 생각하면 넘어가졌다. 어쩔 수 없다고, 우리 모두 개미 새끼들이니 이러고 사는 수밖에 없다고. 그렇게 자신을 두렵게 옥죈 것이 바로 그것, 개미 새끼밖에 안 된다는 무력감이었다. 하지만 그럴수록 명백해지는 것은 선길이 술 때문에 죽은 게 아니라는 사실이었고 개미 새끼든 아니든 책임을 지고 대가를 치러야 할 사람은 소장이라는 또 다른 사실이었다. 현경은 선길의 아내를 떠올렸다. 선길은 열심히 했는데 사고를 당한 것이 아니라 열심히 했기 때문에 사고를 당했던 것이다. 그 때문에 여자는 통곡했고 선길은 방 안의 냄새가 되고 말았다.

현경의 쓴웃음을 동조라고 생각한 소장은 더욱 여유롭게 말했다. "회사가 져야 할 도의적 책임하에서 최대한. 그 형편에 부족하진 않을 거야. 정말. 선길이네도 우리도 다 똑같은 개미 새끼들이잖아."

"왜요? 선길 씨가 술 때문에 그렇게 된 게 아닌데, 책임져야 할 사람이 따로 있는데 왜 그 가족들까지 개미 새끼가 돼야 하는 건데요?"

소장의 표정이 시멘트처럼 차가워졌다. "그건 날 두고 하는 말이야?"

현경은 대답하지 못했다. 겁이 났다. 하지만 소장을 노려봤다. 지지 않으려 안간힘 썼다.

소장은 마음에 안 든다는 듯 눈썹을 긁어 댔다. "너무 큰 책임은 책임이 아니지. 너무 작은 책임도 책임이 아니듯이. 대마불사라는 말 들어 봤지? 그리고," 소장은 현경을 똑바로 쳐다봤다. "어쨌거나 난, 좀 전에 말했지만, 그냥 개미 새끼일 뿐이야. 내가 질 수 없는 너무 큰 책임을 어떻게든 져 보려고 하는. 내가 나쁜 사람 같아? 내가 진짜 나쁜 놈이었으면 지금 왜 이러고 있겠어? 드라마나 영화 같은 데 나오는 것처럼 선길이도 어디 몰래 트렁크에 실어서 야산에 묻었을 거고 서 기사한테도 통장이 아니라 칼을 들이댔겠지. 안 그래?"

"이것도 나쁜 짓이에요. 그 못지않게, 아니 그보다 더한 악한 짓이라고요!"

"서 기사," 소장은 나직이 불렀다. 조금도 동요하지 않은 기색이었다. "난 이렇게 생각해. 그 사고 난 회사 현장소장 있잖아. 그 사람이야말로 참 나빴다고. 만약에, 정말 만약에 말야. 거기도 우리 같은 그런 사고일 수 있잖아. 그 사람이 어쩌면 너무 안일하게, 미숙하게 사고 처리를 했을 수도 있잖아, 그치? 그러면 말이야, 그 사람이 그 진실을 밝히지 못해서 얼마나 많은 사람이 고통받는 거냐고? 회사는, 인부들은? 그 가족들은? 물론 피해자도 보상을 받겠지. 좀 많이 받을 수도 있고. 하지만 거기 그렇게 보상해 주느라 현장이 나가리되고 회사가 휘청거리면? 그 많은 사람이 또 다른 피해를 보게 되면? 사람이란 게, 다 개미 새끼들처럼 고만고만하게 사는 사람들인데, 좀 같이 살아야 하지 않을까? 차라리, 정말 차라리 말야, 내가 같은 업계에 있으니 하는 말인데, 그 사람이 사고 난 사람한테 조금 나쁜 짓을 저지르더라도, 내 말은 다른 게 아냐, 누구나 자기 가족은 소중하잖아. 술 먹고 일 똑바로 안 하고 그런 사람인 거 밝혀지면, 그렇잖아 그건. 하지만 그렇더라도, 그걸로 자기가 좀 욕을 먹고 비난을 받더라도 살아 있는 사람들을 위해서 끝까지 진실을 밝혔으면 어땠을까 싶어.

좀 더 철저하게 현실적으로 사고의 사실관계를 파악했으면. 그런 게 살짝 아쉬워, 난."

소장은 잔잔히 웃으며 현경을 쳐다봤다.

"간단히 말해 이런 거야. 산 사람한테 착할지, 죽은 사람한테 착할지. 현장소장이라는 걸, 관리라는 걸 하다 보면 그런 선택을 안 할 수 없거든." 소장은 한숨을 후 내쉬었다. "솔직히 말해서 난 내가 나쁜 사람도 아니지만 착한 사람이라고도 생각 안 해. 솔직히 누가 그렇게 착하고 나쁜 사람이기만 할까 싶고. 덜 나쁜 사람이 되려고 할 뿐이야. 우리 다 그렇잖아. 종종 어쩔 수 없이 누군가한테는 나쁜 사람일 수밖에 없단 말이야. 뭔가 해 줘야 할, 책임져야 할 사람들이 있으니까. 나 혼자만 생각하면 뭐 하러 이러고 있겠어? 무슨 죄를 저지른 것도 아니고, 막말로 내가 서 기사한테 통장 주면서 일일이 설명까지 해야 돼? 다 일이라고, 어쩔 수 없는 내 일이라고 생각하니까 이러고 있는 거야. 책임감, 그게 난 도덕의 기초라고 생각하거든." 소장은 커피를 한 모금 마셨다. "아무튼 선길이네 식구라면 걱정 마. 나도 책임감이 있는 사람이고 우리 회사도 그렇게 피도 눈물도 없는 데가 아냐. 세상도 요즘 온정이 넘쳐 나잖아. 어디 핸드폰에만 올려도 여기저기 성금이 모여들고. 나도 애가 셋이야. 선길이네 애가 아픈 것도 그게 뭔지 알아, 자식 있는 부모가 그걸 모를 수는 없는 거야. 힘닿는 대로 최대한 챙겨 줄 거야. 이거하곤 별도로." 소장은 통장을 현경 쪽으로 밀었다. "서 기사도 가족이 있을 거 아냐. 우리 다 가족이 있지. 제 한 입 풀칠하려면 왜들 이러고 있겠어. 어디 편의점 알바나 하지."

현경은 아무 말도 하고 싶지 않았다. 무슨 말을 한다는 것이, 소장과 같은 언어를 쓴다는 것이 혐오스러울 지경이었다. 하지만 더 끔찍한 것은 반박할 수 없다는 사실이었다. 소장의 말은 견딜 수 없이 징그러우면서도 현실에 이를 맞춘 것처럼 딱딱 맞아 들어갔다. 현실이라는 게 어쩌면 그렇게 징그러운 것인지 몰랐다. 현경은 고개를 저었다. 소장에게 하는 것이지만 자신에게 하는 것이기도 했다. 더는 버틸 수 없었다. 아무 의미도 소용도 없는 것 같았다. 현경은 맥없이 통장을 되밀었다. "제가 받을 건," 현경은 다시 한번 고개를 저었다. "차라리 선길 씨네 주세요. 저는 됐습니다. 필요 없어요." 결국 이것뿐인 듯했다. 자신이 할 수 있고 자신을 지킬 수 있는 방법은.

소장은 잔잔히 웃었다. "서 기사는 착한 사람이네. 참 착해, 여자들은. 정도 많고 금방 누른 두부모처럼 반듯하고 뜨듯하고. 우리 딸도 서 기사처럼만 크면 좋겠네."

하지만 통장은 되밀었다. "그래도 말했다시피, 이건 회사 차원에서 지급하는 거고 결제 못 해 준 일당도 포함돼 있으니까 서 기사 몫이야. 그러니 판단도 서 기사가 해야지. 착한 사람이 될지, 조금 덜 착한 사람이 될지. 나야 그저 덜 나쁜 사람 정도밖에 못 되지만."

현경은 아무 말도 하지 못했다. 아니라고 하고 싶었지만 더는 무엇에 대해 부정하고 저항해서 아니라고 해야 할지 알 수 없었다.

소장은 자리에서 일어났다. "받아 둬. 당장은 몰라도 나중에는 요긴하게 쓸 테니까. 돈이라는 게 그런 거야. 언젠가는 꼭 필요한 때가 생기지. 친구처럼." 소장은 윙크를 날렸다. "착한 사람도 되게 해 주고."

소장은 작고 뚱뚱한 가방을 겨드랑이에 끼고 나갔다. 다방 종업원에게 계산은 자기 앞으로 달아 놓으라고 찡긋 눈짓하는 것도 잊지 않았다.

주차해 놓은 차로 돌아간 소장은 두꺼운 점퍼부터 벗어 뒷좌석에 던져 넣었다. 시동을 걸고 히터를 끝까지 올린 다음 좋아하는 트로트 메들리를 틀었다. 창문을 모두 내리고 사무소로 차를 몰았다. 눈 오기 직전의 눅눅하고 푸근한 바람이 시원하게 쏟아져 들어왔다. 눈이 정말 오기는 올 모양이었다. 소장은 한 대리에게 전화해 오늘은 눈 단도리나 하게 하고 일찍 복귀들 시키라고 지시했다.

지독하게 피곤했지만 홀가분했다. 현경이 마지막이었다. 만나야 할 사람은 모두 만났고 건네야 할 것도 모두 건넸다. 모두 마무리가 된 것이다. 불안한 마음은 조금도 없었다. 요컨대, 아까 한 그 말처럼 산 사람에게 착할 것이냐, 죽은 사람에게 착할 것이냐 모두 그 문제였다. 사람들은 착하다거나 나쁘다거나 하는 말을 너무 과대평가했다. 선의나 공감에 대해 그러듯. 그건 별게 아니었다. 왜 부모 말, 선배 말, 상사 말 잘 듣는가? 소용이 있으니까, 그러면 뭐라도 하나 생기니까. 착하다는 건 화폐였다. 당장이든 나중이든 돌아올 뭔가를 위해 지불하는. 사람들 역시 정말 착한 사람이 되고 싶은 것이 아니다. 착한 사람으로 인정받고 싶을 뿐이다. 부자 대우 받으면 좋아하는 것과 매한가지다.

지난 사흘간 자신이 주의 깊고 노련하게 작업했던 것도 한편으로는 착한 사람이 되고들 싶어 하는, 그 아무 의미 없으면서도 모두 가지고 있는 허영심을 일깨우는 것이었다. 어떤 것도 주장하지 않았다. 선길은 그런 사람이다. 나는 이런 사람이다. 선길은 그렇게 됐고 남은 사람은 이렇게 됐다. 나만 그런 것이 아니다. 수많은 사람의 입이, 생활이 똑같이 걸려 있다. 무엇이 올바르고 착한 걸까? 누구를 위해 올바르고 착해야 할까? 어떻게 해야 올바르고 착한 걸까? 그것을 그저 보여 주기만 했다. 착한 사람이 될 수 있는 여건과 기회를 제공한 것이다.

자신이 올바르고 착한 사람이어야 한다고, 남들과는 달라야 한다고 생각하는 사람일수록 더 빠르고 쉽게 걸려들었다. 그뿐 아니라 스스로 더, 소장이 미처 예상하지 못한 것까지 먼저 알아서, 자기들 일처럼 챙기고 나섰다. 착한 사람이 된다는 것은 기분 좋은 일이니까. 돈이나 술 담배처럼. 그래서 착하다는 것은 올가미이기도 했다. 착한 일을 할수록 더 착한 사람이 되는 것 같으니까, 착한 사람이 됐으니 더 착한 일을 해야 할 것 같으니까. 이것이 착한 일이라고, 이걸 하는 당신은 착한 사람이라고 가리켜 보여 주기만 하면 모두 서슴없이 뛰어들어 올가미를 뒤집어썼다. 착한 사람들은 자신을 의심하지 않는다. 더, 더, 더만을 외칠 뿐이다. 요즘 세상에는 더 그렇다. 돈이 많고 지위가 높으면 뭔가 죄책감이 들고 업보를 풀어야 할 것 같다. 돈도 없고 권세도 없으면 그 나름대로 자신의 무지함과 빈한함을 지혜와 청빈으로 바꿔야 할 것 같다. 아니면 그렇게라도 잠시 우월감을 느끼든가. 그러니 모두 그 올가미의 맛에 빠져서는 헤어나지 못하는 것이다. 점점 목이 죄어 옴짝달싹 못하게 된다는 것을 알아채지도 못한 채.

　돈까지 얹으면 결과는 더 확실하다. 흔히 돈이 올가미라고들 생각하지만 아니다, 돈은 미끼고 그럴 때 진짜 위력을 발휘한다. 착한 일을 해서 착한 사람이 될 수 있는데 돈까지 생긴다고? 누가 안 하겠나? 미끼라는 의심도 없이, 이런 일을 안

하면 바보라고 생각하면서 덥석 물 수밖에. 덕분에 많은 돈이 필요하지도 않았다. 낚싯바늘 끝에 걸린 실지렁이만큼, 딱 그 정도면 충분했다. 현경에게 건넨 것도 차대까지 생각하면 그리 큰돈이 아니었다. 현경 역시 일단 통장이 들어왔으니 생각하지 않을 수 없을 것이다. 무엇을 위해 정의로워야 하나, 올바르게 행동해야 하나, 그것이 더는 정의로워 보이지도, 올바르게 보이지도 않는데. 그게 미끼의 역할이다. 계속 그 앞에서 맴돌게 만드는 것, 모가지를 넣을까 말까, 한입만 할까 말까 생각하고 또 생각하고 계속 생각하게 만드는 것. 그러다 결국 지쳐서 나가떨어지면 다 똑같아진다. 에라이, 한입 먹고 말자. 그러면 휙 올가미에 걸려드는 것이다. 그러고도 생각하겠지. 자신은 그저 착한 사람이 되려 한 것뿐이라고.

그것이 중요했다. 이거 먹고 제발 입 좀 다물어 달라는 식이면 나중에 더 내놓으랄 수도, 또 어느 순간 죄책감에 혼자 미쳐 날뛸 수도 있다. 하지만 믿음의 힘은 늘 위대하다. 자신이 착한 사람이라는 믿음은 모든 믿음 중에서 가장 위대하다. 세상에서 제일 참혹한 일을 벌였던 사람들이 가진 공통점이 바로 자신은 착하고 항상 착하다는 믿음이었다. 그 사람들은 양민을 칼로 총으로 베고 쏴 죽이면서도 생각했다. 해방시켜 주는 것이라고, 오로지 선행을 베푸는 것뿐이라고. 오, 세상에 정말!

그런 망상을 하며 사무소를 가고 있을 때 소장의 핸드폰이 울렸다. 모르는 번호였다. 소장은 꺼림칙하게 쳐다보다가 전화를 받았다. 뜻밖에도 일전에 살처분한 고기를 팔았던 업자였다. 구정 인사를 하더니 업자는 대뜸 혹시 고기 필요하지 않으시냐고, 친구네 양돈장에 와 있는데 마침 싸고 신선한 놈들이 있어 연락드렸다고 했다. 지난번에 구입했던 그런 고기라는 뜻이었다. 소장의 표정은 시뜻했다. 내일 저녁이면 인부들은 구정을 쇠러 모두 집으로 돌아갈 터였다. 먹으려야 먹을 사람이 없었다. 그러다 얼핏 그게 아니지 싶었다.

회식을 한번 시켜 줘야 하지 않을까? 마침 선길의 건도 마무리됐으니까. 그 때문에 모두 고생들 했고 한편으로는 심란들 할 터였다. 구정이 모레니 그 구실도 갖다 붙일 수 있었고 또 그렇게 질펀하게 먹고 마시면 마음에 꺼림칙한 것들도 씻겨 갈 터였다. 빌라도의 손처럼. 소장은 업자에게 혹시 지금 바로 준비해 줄 수 있는지 물었다. 업자는 바라는 바였다는 듯 가능하다고 했다. 소장은 옳거니, 속으로 외치며 그러면 지금 바로 준비하라 일렀고 가격도 지난번보다 넉넉하게 더 쳐줬다. 세상에 공짜는 없으므로 현장까지 배송해 줘야 한다는 조건을 달았지만. 업자는 두말할 것 없이 그러겠다고, 지금 바로 손질해서 출발한다고 했다.

소장은 통화를 끊고 담배 한 대를 꺼내 물었다. 너무 잘 풀려 피식 웃음이 나왔다. 아니 피식 웃는 것만으로는 부족해 담배도 뱉어 버리고 낄낄낄낄 웃어 버렸다. 참 살기 좋은 세상이었다. 사랑과 온정이, 축복과 평화가 넘치는 세상이었다.

10

　다방을 나온 현경은 터덜터덜 걸었다. 면사무소를 지나 지업사와 농기구상, 농약 판매상과 모종상들을 지나 계속 걸었다.

　착한 사람이 되든지, 덜 착한 사람이 되든지 그 말은 아무 것도 아니었다. 그 자리에서는 압도당해 아무 말도 하지 못했지만 혼자가 되자 가장 먼저 그 말부터 걷어 낼 수 있었다. 현경은 착한 사람이 아니었고 착한 사람이 되고 싶지도 않았다. 현장에서는 늘 혼자 일했고 원성을 들었다. 귀찮아서 안 해 준다느니 하기 싫어서 안 해 준다느니, 이것도 못 해 주냐느니 다른 기사는 다 해 주는데 왜 서 기사만 안 해 주냐느니 하는. 장비 기사라 그런 것도 있지만 만만해 보이는 여자 기사였기에 더 그랬다. 한동안은 숱하게 휘둘렸다. 해 달라는 대로 해 주고도 욕 먹는 것은 다반사였고 그런 것이 빌미가 돼 더러운 소문이 뒤로 돌기도 했다. 제일 먼저 든 생각은 때려치우고 싶다는 것이었다. 다 관두고 이 추잡하고 야비한 바닥 떠버리고 싶다고. 하지만 그런 생각이 뭘 해 주는 것은 없었다.

그때부터 현경은 일만으로 사람을 판단하기 시작했다. 일을 잘하는지 못하는지에 따라 사람을 가렸고 자기 역시 일만 잘할 수 있다면 뭐든 가리지 않고 했다. 바가지 치수뿐 아니라 온갖 규격품들의 치수를 닥치는 대로 외웠다. 처음 가는 현장이면 인터넷 지도 로드뷰로 미리 꼼꼼히 살펴보며 준비를 했다. 안 해 본 공사는 인터넷에서 표준 시방서를 내려받아 공부해서 현장관리자들까지도 허튼소리 못 하게 만들었다. 선길이 핸드폰으로 작업을 녹화해 리뷰하는 것 역시 현경도 한때 매일같이 했던 것이었다. 주말에도 안 쉬었다. 온종일 현장 한켠이나 주차장에 나가 기본 동작과 복합 동작들을 반복하고 반복하면서 손끝의 감각을 단련하고 눈과 손을 정밀하게 조율했다. 그뿐이었다. 착한 사람, 착한 기사, 착한 여자 덤터기를 씌워 제멋대로 써먹고 싶어 하는 인간들한테 맞서는 방법은 더 알고 더 잘해서 따박따박 한마디도 지지 않는 것이었다. 종종 선 넘는 짓을 하려는 인간들이 있었다. 그러면 현경은 아무렇지 않은 얼굴로 핸드폰을 꺼내 들고 동영상 촬

영을 시작했다. 상대방을 찍는 것이 아니었다. 뒤로 들어 상대방을 한 화면에 걸어 놓고 지금 무슨 일이 일어났고 왜 이런 일이 일어났는지 아나운서처럼 카메라에 대고 설명했다. 미친 년처럼 보였고 실제로 그렇게들 지껄였지만 효과는 확실했다. 뭐든 했고 뭐든 할 수 있었다. 착하니 어쩌니 하는 말 따위 개소리로도 듣지 않았다.

하지만 책임감은 다른 이야기였고 기실 현경을 압도했던 것도 그 말이었다. 벽의 이쪽에는 현경 자신과 인부들, 소장뿐 아니라 선길의 가족도 있었다. 자신이 뭔가를 한다면, 그리고 운이 좋다면 인부들과 소장을 엿 먹이는 것쯤은 할 수 있을 터였다. 하지만 선길의 가족들이 피해를 볼 수 있었다. 그 피해는 아무리 작은 것이라도 작다고 할 수 없었다. 벼랑 끝에 내몰린 처지이기도 하지만 현경이 한 줌이라도 덜어 가질 수 없는 피해였다. 장비와 인부, 내 일과 남의 일을 분명히 해 왔던 만큼 현경은 소장이 쳐 놓은 책임이라는 선을 가로지를 수 없었다. 선길의 가족은 가진 게 없고 위태롭기 때문에 고작 그런 것이라도 받아들 수밖에 없었다. 더럽고 비열한 돈이라도, 보상금도 아닌 모욕에 불과하더라도 그렇게 받아들 수밖에 없는 처지였고 그래서 차라리 모르는 것이 나았다. 어쩌면 선길의 아내 역시 이미 그렇게 하기로 한 것인지 몰랐다. 목 씨가 왜 할 말이 없어진다고 했었는지 현경은 이제 알 수 있었다. 무력했고, 너무 무력했다. 차라리 그 영상조차 남아 있지 않아서 뭘 어떻게 해 보려야 할 수조차 없었으면 싶을 만큼. 질끈 눈 한번 감아 버리고 싶은 생각이 안 드는 것도 아니었다. 현경에게도 가족이 있었고 돈을 써야 할 곳은 누구나 그렇듯 얼마든지 있었다. 모두 소장의 덫이라는 것을 알면서도, 이렇게 할수록 소장이 바라는 대로 해 주는 꼴밖에 안 된다는 것을 알면서도 어쩔 수 없었다. 똑같은 개미 새끼 한 마리가 될 수밖에. 끝끝내 아니라고, 안 된다고 말하고 싶은데 어쩔 수 없는 것 같았다. 살아 있는 것이 어쩔 수 없는 일이듯. 현경은 걸음을 돌렸다. 멀리 자그맣게 모텔 건물이 보였다.

현경은 열쇠를 꽂고 문을 열었다. 허리를 굽혀 신발을 벗으려다 뭔가를 봤다. 밟히고 구겨진, 거의 찢어질 것 같은 쪽지였다. 뭐가 적혀 있었다. 현경은 구겨진 면을 펼쳤다. 몇 줄 안 되는 글씨들이 눈에 들어왔다.

같이 있어 주셔서 감사했습니다.

저 때문에 이렇게 된 것이 너무 괴롭고 후회스러워요.

그이한테도 준서한테도 너무 큰 죄를 지었습니다.

함께 일하신 다른 분들께도 너무 죄송합니다.

안전하고 건강하세요.

선길의 아내가 떠나기 전, 문 밑으로 남긴 쪽지였다. 현경은 손을 떨궜다. 맥없이 주저앉았다.

여자의 걸음 소리가 떠올랐다. 무겁고 둔한, 모텔 복도가 아니라 진창을 걷는 것 같던. 이어 족쇄 사슬처럼 질질 끌려가던 선길의 캐리어 소리도.

여자는 벽 이쪽에 있지 않았다. 물론 저쪽에도 없었다. 여자는 그 어느 곳에도 속할 수 없었다. 여자가 속한 곳은 복도였고 진창이었다. 남은 평생 동안 죄책감의 진창을, 끝없이 이어지는 잠긴 방들의 복도를 계속 그렇게 걸어야 했다. 선길이 남긴 캐리어를 끌며, 어디에서도 안식하지 못한 채. 그것이 여자가 감당해야 하는 것이었고 어떤 보상금으로도 해소될 수 없는 형벌, 그것도 가짜인 형벌이었다. 그것에 비하면 자신이 누리는 약간의 안심, 어쩔 수 없다는 수긍은 아무리 마지못한 것이라고 해도 창피하다 못해 참담했다. 잠시나마 돈의 용처를 생각한 것이, 차라리 영상조차 없기를 바란 것이 현경은 참을 수 없이 참담했다.

자신이 침묵하면 여자는 아마도 평생 동안 진창을 걷게 될 것이다. 가짜 형벌을 받을 것이다. 그래도 그것이 낫지 않을까? 알아도 어쩔 수 없는 형편이라면 차라리 그 가짜 형벌을 받는 것이 더 낫지 않을까? 역시나 여자도 이미 그렇게 하기로 한 것 아닐까? 그럴지도 몰랐다. 하지만 그것은 자신이 판단할 것이 아니었다. 실제로 무슨 일이 있었는지 알고 난 뒤 여자가 판단하고 여자가 책임져야 할 것이었다. 그렇지 않다면 그건 선택이 아니라 체념이었다. 그 사실이 아무리 고통스럽더라도 어쩔 수 없었다. 선길은 여자의 남편이고 가족이다. 남겨진 시간 역시 여자의 것이다. 그것이면 충분했다. 선길을 위해서나 여자를 위해서, 또 다른 누구를 위해서 따위는 생각할 필요가 없었다. 자신은 그럴 주제도 주체도 아니었다. 어리석게도 또 자신을 중심에 놓고만 생각하고 있었던 것이다. 뭐라도 되는 것처럼, 마치 누구를 위해 뭐라도 할 수 있는 것처럼.

현경은 다이어리를 찢어 편지를 쓰기 시작했다. 더 나은 방법을 생각할 수 없었다. 짧게나마 사과와 양해의 말을 쓴 뒤 자신이 아는 선길에 대해, 스스로 남아 있기를 선택했고 그렇게 해낸 선길에 대해, 그리고 그날 현장에서 술을 마시지 않은, 산 사람들이 그렇게 만든 선길에 대해 분명히 썼다. 함께 동봉한 메모리의 영상을 보면 아실 거라고. 자기가 이렇게 쓰는 것은 누구를 고발하려는 것도 비난하려는 것도 아니며, 자기에게는 그럴 권한이 없다고. 다만 있었던 일을 알려 드리기 위한 것뿐이라고. 당신이 아는 것은 진실이 아니며 그 무엇도 결코 자책할 필요가 없다는 것을 말하기 위해서일 뿐이라고. 현경은 덧붙였다. 회사의 보상금이 얼마가 될지는 모르겠지만 그것을 받는 것도 받지 않는 것도 처지의 문제일 뿐 당신의 탓은 아니라고, 다만 현경 자신이 묵인하기로 한 대가로 받게 된 이 돈만큼은 받을 수 없으니 함께 보내며 혹여 진실을 밝히는 데 도움이나 증언이 필요하면 말해 달라고 했다. 연락처와 소장이 알려 준 통장 비밀번호도 적었다. 맞춤법도 걸렸고 문장을 제대로 썼는지도 확신이 안 섰지만 다시 읽지 않고 그대로 접어 파카 속주머니에 넣었다. 인부들의 비상연락망에 적힌 주소를 사진으로 찍고 메모리 카드를 챙겨서 곧장 숙소를 나섰다. 우체국 마감 시간이 임박해 있었다. 다행히 가까스로 접수를 할 수 있었고 현경은 뒷문을 통해 우체국 밖으로 나왔다.

허전했다. 뿌듯한 마음은 조금도 없었다. 오히려 완전히 비어 버린 듯했다. 한 가지 생각만 떠올랐다. 죽음에 합당한 것은 진실밖에 없다. 죽음은 어떤 것으로도 번복할 수 없는 진실이므로. 진실이라는 말은 소장 같은 사람이 입에 올려서는 안 되는 말이었다. 하지만 현실은 반대였고 현실이란 늘 그랬다. 왜 그런지는 알 수 없었다. 그렇다고 해야 할 일이 달라질 수도 없었다. 하거나, 하지 않을 뿐.

하늘은 어둑했다. 짙은 구름이 엉겨 붙으며 해를 감췄고 습한 바람이 불었다. 현경은 탈진한 듯 몸에 힘이 하나도 없었다. 컵라면 하나를 사서 방으로 들어왔다. 익은 면을 먹으며 내일은 떠나야겠다고, 어서 떠나고 싶다고 생각했다. 해야 할 일을 했고 그뿐이었다. 하지만 다시 아릿한 후회가 느껴졌다. 과연 잘한 일일까? 자신이 오히려 그 여자를 더 괴롭게 만든 것은 아닐까? 아무것도 할 수 없는 처지라면, 처지 때문에 진상을 알게 되고도 밝힐 수 없다면? 이미 판단한 것이었지만 그것은 되살아났고 전말이 완전히 밝혀지기 전까지 현경을 괴롭힐 터였다. 하지만 그 정도는 당연히 할 수 있고 해야 했다. 그것이 현경 자신의 몫이니까. 각자에게는 각자의 몸이 있듯 몫이 있을 뿐이었다. 편지는 어느 쪽으로든 분명 여자를 더 괴롭게 할 터였다. 하지만 그것이 어쩔 수 없는 그 여자의 몫이었다. 적어도 지금 그 여자에게 필요한 것이었다. 암환자에게 항암 치료가 필요한 것처럼. 고통스럽더라도 견디고 스스로 극복해야 하는 시간과 일이 누구에게나 있었다. 다른 사람이 대신해 줄 수도 그래서도 안 되는, 각자의 몸만큼 각자의 몫으로 감당해야 하는.

어쩌면 짐을 떠넘긴 것처럼 보일 수도 있었다. 누군가는 오지랖이라고 할지도 몰랐다. 하지만 그런 관점이야말로 오만이고 착한 척이며 무지였다. 목 씨의 말처럼 현경은 그저 자신의 선택을 한 것뿐이라고 생각했다. 목 씨와 소장, 또 다른 인부와 여러 관계인 들이 선택을 했듯. 저마다 이유야 있겠지만 결국 그 사람들이 한 것은 자기 자신들을 위한, 자신들을 중심에 놓은 선택이었고 여자가 해야 할 선택을 가로챈 것에 불과했다. 자신은 다만 그 선택을 다시 여자에게 되돌려 준 것이었다. 이제 그 사람들이 한 선택의 대가는 여자의 선택에 따라 달라질 수도, 그렇지 않을 수도 있게 됐다. 어쨌거나 제자리로 돌아온 것이다.

각자가 각자 져야 할 짐을 지는 것뿐이다. 진실이란 오직 그렇게 스스로 짊어지는 것으로만 지탱될 수 있는 것이다. 각자의 몸만큼, 각자의 몫만큼. 책임감, 도덕, 그 밖에 소장이 이야기한 모든 번드르르한 것들이 마찬가지다. 자신의 몫부터 하고 난 다음에, 감당해야 할 것들을 스스로 감당한 다음에 이야기할 수 있는 것이다. 소장부터 그렇지 않았기 때문에 선길이 그렇게 될 수밖에 없었던 것이다. 하지만 그렇게 생각해도 현경은 다시 가책과 통증을, 불안과 회의를 느꼈다. 떠넘긴 것이 아닐까, 여자에게 괜한 고통을 준 것이 아닐까. 굳이 알고 싶지 않은, 괴로움을 피하고 싶은 마음은 옳고 그름을 떠나 누구에게나 있었다. 그러나 감당해야 할 것을 감당하지 않는다면 모든 선을 스스로 지워 버리는 셈이었다. 죽음이라는 진실도, 또 그것이 있기 때문에 진실일 수밖에 없는 살아 있음도. 모두 희미해져 시간과 상황에 끌려다닐 수밖에 없게 되는 것이다. 유령처럼, 유령들처럼.

현경은 기쁨 없는 얼굴로 옷가지들을 캐리어에 챙겨 넣기 시작했다. 내일 아침이면 바로 떠날 수 있게.

　소장은 일일이 현장을 돌아다니며 저녁에 회식을 하겠다고
알렸다. 지난번처럼 통돼지 두 마리 회식! 소장의 말에 반장
과 인부 들은 희색을 감추지 못하며 작업을 마무리했다. 선길
의 일은 까맣게 잊은 것처럼.

　소장이 사무소에 도착했을 때 한 대리와 유 반장의 반도
통근차에서 내리던 중이었다. 소장은 반가운 소식을 전하러
그쪽으로 갔다. 그때 식당 뒤에서 개 짖는 소리가 들려왔다.
소장의 얼굴에 아차, 싶은 표정이 떠올랐다. 그래, 저놈들이
있었지, 선길이가 데리고 온. 문득 기막힌 생각이 떠올랐고 소
장의 얼굴에 잔인하고 징그러운 웃음이 퍼졌다.

　유 반장은 다른 반장들과 달리 회식이 있다는 소장의 말
을 반기지 못했다. 종일 선길의 부재를 겪고 돌아온 터였다.
어떻게 하루가 갔는지도 몰랐다. 하지만 알았다고 하며 억지
로 웃었다. 그 고기가 뭔지 짐작하는 한 대리는 마지못한 얼
굴로 고기를 받으러 가겠다고 했다. 소장은 그럴 것 없다고,
따로 할 일이 있다고 말했다. 한 대리는 소장을 쳐다봤다. 다
시 한번 개들이 짖는 소리가 들렸다.

　"쟤들도 처분해야지. 하는 김에 오늘 같이 된장 좀 발라 보
자고. 좋아할 사람도 많은데. 유 반장님도 좋아하시죠? 지난

번에 다들 시장 가서 한판 크게 벌여서 잡수셨다면서?"

반장은 무슨 소리냐는 듯 소장을 쳐다봤다. 먹기는 먹었다. 기력 달릴 때 한 번씩 먹으면 이상하게 보충이 되는 느낌이 들었다. 하지만 오가며 눈 마주친, 노는 거 재롱 떠는 거 보던 녀석들까지 먹을 만큼은 아니었다. 더구나 선길이 데려온 녀석들이었다.

하지만 그렇기 때문에 소장에게는 깔끔히 처분해야 할 대상이었다. 소장은 담배를 피우고 있던 굴착기 기사(현경의 굴착기를 대신 몰고 왔던)를 눈으로 가리키며 한 대리에게 말했다. "같이 가서 장만해 봐. 옛날 어른들식으로, 뭔 말인지 알지? 오랜만에 진국 한번 먹어 보자고. 술도 진하게 한잔씩들 하고. 그래야 또 현장에서 이거," 소장은 잔 꺾는 시늉을 했다. "이거 안 할 거 아냐? 안 그렇습니까, 유 반장님?"

반장은 고개를 떨궜다.

한 대리는 절박하게 소장을 쳐다봤다. "다시 한번 생각해 주시면 안 되겠습니까? 혹시 고기 모자랄까 그러시는 거면 제가 지금 나가서 사 오겠습니다. 술도 다른 것도 다 제가 제 돈으로 사 오겠습니다……"

"네가 왜?" 소장은 한 대리를 쳐다봤다.

"어떻게, 쟤들까지, 어떻게……"

"말을 똑바로 해, 한 대리야. 개도 짖을 때는 똑바로 짖어야 사람이 겁을 집어먹는 법이야."

한 대리는 소장을 쳐다볼 뿐이었다. 애원하듯, 제발 이것만은 하지 말아 달라고.

"너 왜 사람이 안 변하는지 아니?" 소장은 한 대리를 느긋하게 바라봤다. "사는 덴 '그런데'가 없어서야. '그랬으니까' 그것만 있거든, 사는 덴. 세상엔 공짜가 없어. 비용을 꼬라박고 때려 박아야 가까스로 살아지는 거라고. 그러니까 손절을 칠 수가 없는 거야. 안 그러면 지금까지 처박은 게 말짱 황이 되니까. 사람이란 그걸 참 무서워한단다. 말짱 황이 되는 거, 죄다 도루묵이 되는 거." 소장은 피식 웃었다. "뭔가를 하면 계속 더 그렇게 해야 돼. 이미 했으니까, 이미 했는데가 아니라. 그게 계속된다는 거고 그렇게 계속되는 게 인생이야. 안 그렇습니까, 유 반장님?"

반장은 아무 말도 하지 못했다.

소장은 웃는 얼굴로 다시 한 대리를 쳐다봤다. 잔인하고 징그럽게. "가서 해. 내가 말했으니까."

현경의 방문이 쿵쿵 울렸다. 잠자리에 들려고 하던 현경은 경계심 돋친 눈으로 문을 쳐다봤다. 쿵쿵, 다시 문이 울렸다.

현경은 가방을 보고 창문을 봤다. 오래 망설이지 않았다. 창문을 열었고 작업복을 뒤져 작업용 커터 칼을 주머니에 넣었다. 준비가 끝나자 현경은 누구냐고 물었다.

"저예요." 한 대리 목소리였다. 현경은 더욱 경계심을 조이며 무슨 일이냐고 물었다. 한 대리는 답이 없었다. 그러다 울먹이며 말했다. "저 한 대리예요. 한 대리……." 현경은 걸쇠를 걸고 문을 열었다. 한 대리가 작업복 차림으로 서 있었다. 어디에서 뒹굴기라도 했는지 온통 흙투성이에 얼굴에도 뭐가 잔뜩 묻어 있었다. 고개를 떨구고 눈물을 줄줄 흘리며 중얼거렸다. "살려 주세요, 서 기사님. 애 좀 살려 주세요, 서 기사님……."

현경은 걸쇠를 풀고 문을 열었다. 한 대리가 들어오더니 풀썩 무릎을 꿇었다. "살려 주세요, 우리 애 좀 살려 주세요, 서 기사님. 제발요."

무슨 소리냐는 말에 한 대리는 흰 녀석이 지금 현장에 갔다고, 관 안에 처박혀 꿈쩍도 안 한다고 했다. 가서 장비로 좀 때려 달라고, 그러면 놀라서 밖으로 나올 거라고 했다. 현경은 그게 다 무슨 소리냐고, 왜 멀쩡하던 녀석이 그리로 들어간 거냐고 제대로 설명 좀 해 보라고 했다. 그제야 한 대리는 소장이 무슨 짓을 시켰는지부터 말했다. 그 굴착기 기사와 함께 갔고 도저히 할 수 없어서 발만 구르고 있었는데 그 기사가 시작을 했다고, 사람 좋아하는 누런 녀석은 묶인 채로 매를 맞았고 흰 녀석은 버둥거리다 결국 말뚝이 뽑히며 도망쳤다고.

한 대리는 곧바로 쫓아갔다. 녀석이라도 어떻게든 살려야겠다는 생각이었다. 하지만 아무리 불러도 녀석은 계속 달렸고 그 먼 현장까지 가서 작업해 놓은 관 속으로 들어가 버렸다. 한 대리가 들어가 불러 봤지만 나오지 않았다. 무한정 들어갈 수도 없었다. 공사가 얼마나 날림으로 돼 있는지 가장 잘 아는 사람이 한 대리였다. 같이 묻혀 버릴 수도 있었다. 자신도 죽을 수 있었다. 선길처럼.

"이렇게까지 될 줄은, 이런 것까지 시킬 줄은 몰랐어요. 아저씨들이 술 마시는 거 알면서도 못 본 척한 게 있으니까, 선길이 아저씨 그렇게 된 게 꼭 내 잘못인 거 같아서, 내 쥔 거 같아서 시키는 대로 할 수밖에 없었어요. 현장도 뽑혀 나간다니까, 회사도 휘청거릴 수 있다니까, 그럼 넌 또 어디 가서 신입부터 시작해야 한다는 그 소리에 더……. 만들라는 거 다 만들고 지우라는 거 다 지우고, 태워 없애라는 거 다 태워 없앴어요. 그런데 이것까지, 이런 거까지 시킬 줄은……." 한 대리는 진저리쳤다. "처음에 멧돼지도 그거 다 제가 한 거예요. 소장이 식당 돈 빼돌리고 핑계 대려고 저한테 시켰어요. 비닐하우스 가서 난장판 만들라고, 다 했어요. 지난번에 회식한 돼지, 그것도 제가 가져왔어요. 살처분해서 돼지 새끼 한 마리 없는 양돈장에 트럭 몰고 가서 받아다 왔어요. 오늘 회식

한다는 돼지도 또 그거예요. 살처분한 돼지, 도장도 안 찍힌 거. 그거 다 했다고요. 다 했는데, 그런 것까지 내가 다 해 줬는데 아니래요. 그것들까지 다 했으니까 이것도 해야 된대요. 끝도 없이 그러는 게 사는 거라면서……"

현경은 눈을 질끈 감았다. 수많은 감정과 생각이 일시에 치밀었다. 선길, 비닐하우스, 새벽, 회식, 현장, 추락, 여자, 목 씨, 다방 그 모든 장면과 사건이 포개지고 겹쳐지며 폭발했다. 모두 거짓이었다. 소장이 만들어 낸 거짓에 모두 놀아난 것이었다. 아무 의미 없이, 그야말로 개미 새끼들처럼.

현경은 일어났다. 파카를 입고 짐을 챙겼다.

"가요, 사무소로 가요. 지금 당장."

한 대리의 현장 차가 사무소 오르막길을 올라탔다. 사무실은 불이 모두 꺼져 있었고 식당의 불만 환했다.

현경은 주차장에 차를 대라고 시켰다. 한 대리가 차를 대자 현경은 내려서 짐을 꺼냈다. 한 대리도 내리려고 했지만 막았다. 아무것도 묻지 말고 이대로 가라고 했다. 어디든 사람 있는 데로 가라고, 자신과는 만나지도 않았고 여기도 안 온 것이라고.

"어떻게 하시게요? 여기서 혼자 뭘 어쩌시려구요?"

현경은 대답 없이 용건만 확인했다. 자신이 여기에 없어야 하는 게 맞냐고, 모두 그렇게 처리된 것이 맞냐고. 한 대리는 고개를 끄덕였다. 문서나 전산상으로는 모두 그렇게 돼 있다고, 현장에 온 경찰들, 구급 요원들 모두 다른 기사가 현장에 있었던 것으로 알고 있다고. 현경은 고개를 끄덕였다. 이대로 가고 블랙박스 메모리카드도 잊지 말고 챙기라고, 반드시 파기해야 한다고 말했다.

한 대리가 다시 어떻게 하려고 그러냐고 물었지만 현경은 단호했다.

"아무 말 말고 가요. 지금부터는 내 일이에요. 그러니까 한 대리님은 가요, 그냥 가면 돼요. 녀석도 내가 꼭 구해서 갈 테니까."

한 대리가 어떻게 그러냐는 듯 현경을 쳐다봤다.

"걱정 말고 가요. 가서 다시는 돌아오지 마요. 이런 데서 노력해 봐야 아무 소용없어요. 어디든 여기 말고, 이렇게 글러 처먹은 데 말고 똑바른 데로, 제정신인 데로 가요."

"다 똑같아요. 저 같은 대학 나와서 갈 수 있는 회사는 얼마 있지도 않고 동기들도 다 시궁창 같은 중소기업 들어가서 별짓거리 다 하면서 살아요. 참고 견디고 그러고들 버텨요."

"그러니까 뭐라도 해요! 참고 버티고 그딴 소리 하면서 징 징대지 말고 선택하고, 책임져요!" 현경은 차분하게 한 대리를 봤다. "겁내지 마요. 얼마든지 새로 시작할 수 있고 그래도 괜찮아요. 한 살이라도 어려서 좋은 건 그것밖에 없어요. 얼마든지 할 수 있고 될 때까지 하면 돼요. 참고 버티는 건 그런 데다 하는 거예요. 소장 같은 인간한테, 이런 데다 하는 게 아니라."

한 대리의 눈빛이 떨렸다. 아무도 그런 말을 해 주지 않았다. 부모도 선생님도 친구도. 이거라도, 모두 이거라도 해야 하지 않냐고, 그런 말만 들어 왔다.

"가요, 가서 다시는 이런 일 하지 마요. 아무도 시켜서도 안 되고 시켰다고 해서도 안 되는 일이에요. 누구라도 이런 걸 다시 시키면 두말하지 말고, 아무리 늦었다 생각해도 빠져나와요. 그게 제일 빠른 거예요. 안 그러면 끝까지 끌려 들어갈 테니까. 지금처럼." 현경은 굳게 한 대리를 봤다. "감당하는 걸 두려워하지 마요. 누구나 할 수 있어요, 그래야 하고. 늘 그다음은 있고 그래야 그다음에 오는 것도 감당하고 책임질 수 있으니까."

현경은 설핏 웃어 주고 힘차게 문을 닫았다. 한 대리의 차는 망설이듯 잠시 서 있었지만 이내 경사로를 내려갔다. 도로 먼 곳으로 빠르게 사라졌다.

현경은 굴착기로 갔다. 캐리어와 가방을 싣고 운전석에 앉았다. 장갑을 바짝 당겨 낀 다음 시작 버튼을 눌러 전원을 켜고 다시 한번 길게 눌러 시동을 걸었다. 모니터로 엔진 회전수를 보며 연료와 요소수 게이지를 확인했다. 왼쪽 레버 뭉치를 내리고 빨간색 안전 바를 내렸다. 작은 레버를 꺾어 상태를 주차에서 작업으로 바꿨다. 굴착기 팔을 내려 걸려 있던 바가지를 떨궜다. 랍스터 집게 같은 철거용 집게손을 걸고 작동 상태를 확인했다. 아무 문제 없었다.

현경의 굴착기가 식당으로 천천히 다가갔다. 식당에서는 색색깔 노래방 조명이 돌아가고 트로트가 흘러나왔다. 선길이 개 두 마리를 데리고 왔던 그날처럼. 현경은 분노를 느끼지 않았다. 혐오감을 느낄 뿐이었다. 개미 새끼가 된 인부들, 인부들을 개미 새끼로 만든 소장과 그것을 가능하게 해 준, 모든 일의 시발점이 된 이 식당에. 현경은 무정한 얼굴로 엔진 회전수를 끌어 올렸다. 굴착기가 배기가스를 한 움큼 토하며 육중하게 진동했다. 바퀴 앞의 삽날이 올라갔고 랍스터 손 같은 철거용 집게가 안으로 접혔다. 굴착기가 코뿔소처럼 팔을 치켜들고 다음 동작을 대기했다. 현경은 클랙슨을 깊숙이 누르며 액셀을 지르밟았다. 굴착기가 식당으로 폭주했다.

문가에 놓인 스텐 물통들이 박살 나면서 날아갔다. 대문짝이 문틀째 그대로 쓰러졌지만 굴착기는 벽에 끼었다. 현경은 몸통을 돌려 굴착기 팔로 양쪽을 후려쳤다. 공간이 나오자 다시 액셀을 밟아 굴착기를 식당 안으로 진입시켰다. 사람들이 기겁하며 식당 안 뒤쪽으로 몰려갔다. 소장은 감히 어떻게 이런 일을 저지를 수 있냐는 듯 현경을 쳐다봤다. 서서 꼼짝도 하지 않았다.

현경은 앞에 있던 탁자부터 쓸어 버렸다. 반찬 그릇들, 휴대용 가스렌지, 불판이 요란하게 나동그라졌다. 현경은 짓밟고 들어가며 걸리는 대로 부수고 날리고 뒤집어엎었다. 냄비, 고기 그릇, 채소 그릇, 부탄가스 할 것 없이 죄다 날아가고 나뒹굴었다. 현경은 커다란 바퀴로 으스러뜨리며 계속 안으로 밀고 들어갔다. 노래방 기계를 집어 올려 알루미늄 캔처럼 짜부라뜨린 뒤 집어 던졌고 화면을 쏘던 프로젝터는 집게로 내리찍었다. 뻘건 국물이 담긴 커다란 통이 보였다. 아마도 그것일 터였다. 현경은 집게로 집어 들고 사방팔방으로 뿌렸다. 시뻘건 국물이 피처럼 날렸고 국물을 뒤집어쓴 사람들이 비명을 질러 댔다. 현경은 빈 국 솥을 잡은 집게손으로 창문을 후려쳤다. 창문이 틀째 터져 나가며 사람이 나갈 만한 구멍이 생겼다. 현경은 굴착기를 뒤로 조금 물렸다. 그리로 나가라는 뜻이었다.

국물을 뒤집어쓴 사람들이 도망쳐 나갔고 꼼짝하지 않던 소장 역시 직원들 성화에 못 이겨 밖으로 나갔다. 현경은 이제 거칠 것이 없었다. 눈에 띄는 족족 후려치고 내려쳤다. 끄집어 당기고 밀어 치면서 짓부수어 나갔다. 바닥에 나뒹구는 것들은 바퀴로 두 번 세 번 깔아뭉갰다. 기둥과 벽에 걸려 있던 난방기들도 모조리 떨어뜨려 부쉈다. 그런 다음 주방으로 굴착기를 밀어 넣었다. 배식대를 들이받고 냉장고를 찍어서 앞으로 쓰러뜨렸다. 화구들을 당겨 주저앉히고 후진으로 올라타 짓뭉갰다. 식판이 쌓인 선반은 밑에서부터 잡아 뜯었다. 식판들이 와르르 쏟아져 내리자 블레이드를 올려 뒷문이 있는 벽까지 단숨에 밀어붙였다. 벽이 흔들리면서 지붕까지 움찔거렸다. 현경은 다시 방향을 틀어 홀 쪽으로 굴착기를 밀어 넣었다. 엔진 출력을 최대로 올려 주방 뒷문 쪽으로 굴착기를 돌진시켰다.

굴착기가 뒷문을 박살 내면서 밖으로 뚫고 나왔다. 현경은 뚫고 나온 자리의 벽을 힘껏 후려친 다음 그 자리를 집게로 움켜잡고 흔들어 댔다. 건물 전체가 지진이 난 것처럼 흔들거렸다. 현경은 잡았던 벽을 놓고 굴착기를 후진시켰다. 처음에 했듯 집게를 안으로 접어 팔을 뿔처럼 곤추세우고 가장 힘을 받을 만한 벽으로 돌진했다. 조립식 벽이 그대로 꿰뚫렸다. 현경은 꿰뚫린 벽 한쪽을 집게로 움켜잡고 출력을 끌어 올렸다. 움찔움찔하던 것이 조금씩 딸려 오기 시작했다. 굴착기가 용울음 소리를 내며 시퍼런 연기를 토해 냈다. 바퀴가 흙먼지를 일으키며 공회전했다. 유압기가 최대치로 끌어 올린 힘을 쥐어짜며 수축하자 벽이 떨어져 나오기 시작했다. 아슬아슬한

임계점을 넘어서자 돌연 굴착기 후진에 속도가 붙었다. 벽이 고꾸라지듯 현경 쪽으로 엎어졌다. 지붕이 내려앉으며 식당은 반파당했다. 멧돼지에 습격당했다던 그때 그 비닐하우스처럼 걸레짝이 됐다.

하지만 그사이 사람들이 현경의 뒤로 둘러서 있었다. 가운데 소장이 서 있었고 직원과 인부들이 반원을 이루며 현경을 포위했다. 현경은 차체를 돌려 대치했다. 사람을 해칠 생각은 없었다. 미처 예상하지 못한 상황이었지만 선택을 해야 했다.

"잡아! 저년 당장 끄집어 내려!" 소장이 소리질렀다.

서로 눈치를 보면서도 반원이 조금씩 조여졌다. 현경은 굴착기 집게를 치켜들어 언땅에 내리 꽂았다. 땅이 울렸다. 사람들이 엄두를 내지 못하자 소장이 발광했다. "달려들라고, 당장 올라타서 저 미친년부터 끄집어 내리란 말이야!"

주춤주춤 반원이 다시 조여들었다. 현경은 다시 집게를 내리꽂아 경고했지만 반원은 오히려 조금 전보다 더 빨리 조여들었다. 이쪽저쪽에서 사람들이 기회를 엿보며 달려들 태세를 하고 있었다. 유령들처럼.

현경은 굴착기를 뒤로 물려 팔을 안으로 집어넣었다. 선택은 피할 수 없었고 해야 한다면, 당연히 소장이었다. 소장을 칠 생각은 없었다. 다만 소장이 가장 먼저, 잽싸게 피할 것이라고 생각했다. 소장이야말로 개미 새끼들 중에 개미 새끼였으니까, 이 중에 가장 나약하고 무책임한, 가장 비열한 인간이었으니까. 현경은 소장을 향해 섰다.

소장의 얼굴에 비릿한 웃음이 퍼졌다. 거나한 취기 중에 다시 한번 기막힌 생각이 떠올랐다. 이 모든 일을 단 한 번에, 후련하게 되갚아 줄 수 있는 방법. 소장은 옆에 선 인부를 곁눈질했다. 빌빌거리는 노인네가 술이 취한 데다 아주 성이 끝까지 나서 부들부들 떨어 대며 현경을 향해 쌍욕을 중얼거리고 있었다. 제격이었다. 현경이 달려들면 이 노인네를 확 잡아끌어 앞세우자고 소장은 생각했다. 현경은 노인네를 칠 것이고 살인자가 될 것이다. 미친 짓이었다. 하지만 미친년을 족치자면 미친놈이 될 수밖에 없잖은가? 미친년에 걸맞은 최후다. 미친놈에 걸맞은 승리고.

현경의 굴착기가 퍼런 연기를 내뿜었다. 소장의 비릿한 웃음이 더욱 짙어졌다.

"물러나!" 그때 목 씨의 목소리가 쩌렁쩌렁 울렸다. 모두 목 씨를 쳐다봤고 목 씨가 반원 앞으로 나오며 다시 소리쳤다. "물러나라고! 어서 물러나라고!" 목 씨는 현경의 굴착기 앞에 섰다. "뭘 어쩔 생각이야? 여기서 뭘 더 어쩌려고? 쟬 끄집어 내려서 그다음엔 어떻게 할 건데? 죽이기라도 할 거야? 어디 묻어 버리기라도 할 거야!"

그제야 사람들이 서로 쳐다보기 시작했다. 목 씨는 계속 호통쳤다. "다들 미쳤냐? 노망났어? 왜? 술판이 깨져서? 개국물 뒤집어써서? 여기 그 망할 그거 먹고 싶어 온 사람 있어? 개고기라면 침이 꼴깍꼴깍 넘어가서 오가며 눈 마주치며 보고 부르던 것들까지 먹어 치워야겠어서? 저 새끼 때문에 온 거 아냐? 저놈의 새끼가 오라고 하니 종놈들처럼 줄줄이 따라온 거 아니냐고!"

"아갈머리 안 닥쳐!" 소장이 소리쳤다.

"모두 저 새끼 종질이라도 할 셈이야? 이 빌어먹을 식당에서 나오는 그 식판 밥에 질질 끌려서 하라면 하라는 대로, 시키면 시키는 대로 언제까지, 도대체 무슨 짓까지 하려고 그래? 선길이가 어떻게 됐는지 몰라? 저 새끼가 사람 어떻게 갖다 버리는지 보고도 몰라?" 목 씨는 사람들의 눈을 쳐다봤다. "이 새끼는 지가 똑바로 관리 안 하고 사람 쉬지도 못 하게 죄어 붙여서 그 사고가 난 걸 선길이한테 다 덮어씌운 거야. 우리가 아니고 저 좋자고, 저. 얼마나 더 끌려다니려고 그래? 술마신 건 우리 죄고 선길이 죽은 건 이 새끼 죄야. 왜 자꾸 그걸 엮길 엮어. 누구 좋으라고? 이 새끼 말고 누구 더 좋으라고! 술 마시고도 코가 꿰이는 건 우리고, 선길일 그렇게 만들어 놓고도 우리 코를 꿰는 건 이 새낀데!"

"당장 닥치라고!" 소장이 씩씩대면서 달려들었다.

목 씨는 달려드는 소장의 귀싸대기를 후려갈겼다. 소장의 체구도 컸지만 목 씨도 거목 같은 사람이었다. 일흔이 넘었지만 매일 몸을 쓰는 만큼 근력도 여전했다. 목 씨는 소장의 정강이를 걷어차 자빠뜨린 다음 올라탔다. 삽등 같은 손으로 소장의 살찐 뺨을 후려쳤다. "신고해, 고소해, 이 새끼야. 경찰 부르라고, 불러! 네가 무슨 짓을 했는지, 나한테, 여기 사람들한테 무슨 거짓말을 시켰는지, 어떻게 우리를 겁박하고 갖고 놀았는지 내 다 일러바칠 테니까." 목 씨는 계속 후려치며 소장의 얼굴을 곤죽으로 만들었다. 하지만 그 말은 실수였다. 사람들이 웅성거렸고 특히 경찰에게 증언했던 몇몇은 서로 불안한 눈빛을 교환했다. 안 될 일이었다. 목 씨가 다 불면 괜히 자기들까지 걸려 들어가는 것이었다.

꿈새가 심상치 않자 목 씨가 외쳤다. "이 새끼가 어떻게 우릴 갖고 놀았는지 알아? 저 고기, 오늘 처먹은 저 고기, 저거 도장 없는 고기야. 뭔 말인지 알아? 지난번 연말에 먹었던 그 고기 그것도 도장 없는 고기라고. 뉴스에서 봤지? 이 근처에 요즘 돼지열병 돌아서 살처분하고 다닌다는 거. 그거라고, 이 빌어 처먹을 새끼가 그따위 고기를 갖고 와서 우리한테 선심 쓰는 척한 거라고! 알아?"

다시 사람들은 동요했다. 먹을 걸 갖고 장난쳤다느니 하는 소리가 들렸지만 뜻은 좀처럼 하나로 모이지 않았다. 분통 터지면서도 역시 관이 걸려 있고 경찰에 엮이는 일이었다. 목 씨만 하는 말이라 믿을 수도 없었다. 다시 눈빛들이 오갔고 사람들이 목 씨를 보며 모여들었다. 그때 저편에서 한 대리의 목소리가 들렸다.

"맞아요, 아저씨 말이 다 맞아요. 제가 직접 고기 받아 왔어요. 돼지 새끼 한 마리도 없는 데서 실어다 주는 거 그대로 받아 왔어요!" 사람들이 모두 한 대리를 쳐다봤다. "다 저 새끼 짓이에요. 저 새끼가 그러라고 시켰고 멧돼지도 저 새끼가 시킨 거예요. 비닐하우스도 제가 개판으로 만들었어요. 그러면 사람들이 모를 거라고, 그동안 거지같이 밥 나온 거 자기가 해 처먹어서 그런 게 아니라 다들 멧돼지가 그런 줄 알 거라면서 저한테 시켜 놓고 낄낄거리며 웃었어요. 저 장비도," 한 대리는 현경의 굴착기를 가리켰다. "지난달까지만 일한 걸로 하라고 저한테 시켰어요. 선길이 아저씨 목격자니까, 저 새끼가 시킨 대로 안 할 거 같으니까 그렇게 하라고. 그것도 다 제가 했어요. 그러니까 저 장비는 지금 있어도 없는 거예요. 오늘 여기서 벌어지는 일은 있어도 없는 거라구요!"

판이 바뀌었다. 사람들의 얼굴이 험상궂어졌고 이제는 목 씨가 아니라 소장에게 한 걸음씩 한 걸음씩 다가섰다. 거리낄 것 없는 순수한 분노였다. 그간 소장에게 놀아난 것부터 한파에도 혹사당한 것까지 오롯이 끌어모은 알뜰하고 촘촘한 분노, 소장에게 걸맞은 분노였다. 거나하게 취해들 있었기 때문에 무슨 짓을 저지를지 더 알 수 없었다. 하지만 그러면 다시 누군가의 책임이 생길 수밖에 없었다.

별안간 엔진소리를 토해내며 현경의 굴착기가 움직였다. 사람들이 쳐다보는 사이 현경은 반파한 식당 한 켠, 자그맣게 지붕이 반쯤 쓰러져 있는 곳으로 갔다. 그곳에서 커다란 드럼통 하나를 집어 들고 사람들 사이를 지나 소장 쪽으로 천천히 다가갔다. 한기 속에서도 악취가 퍼졌고 사람들이 메스꺼운 표정을 지었다. 현경은 드럼통을 높이 들고 뻗어 누운 소장 앞에 섰다. 목 씨가 뭐냐는 듯 현경을 쳐다봤지만 현경은 비키라고 손을 내저었다. 목 씨가 주춤주춤 물러섰다. 현경은 더 물러서라고 손짓했다. 목 씨가 완전히 물러났다.

일어나려 버둥거리던 소장 위로 현경은 드럼통을 뒤집었다. 안에 든 것들이 후두둑 쏟아졌다. 짬이었다. 겨울이라 며칠씩 묵혀뒀던 것에 회식이라 계속 버려대면서 살살 녹아 속까지 걸쭉하고 뜨듯해진 것이었다.

마지막 한방울까지 남김없이 받은 소장은 그대로 뻗어 누웠다. 욕을 지껄이며 입에 들어간 건더기를 푸 뱉어 냈다.

11

현경은 랜턴을 켜 야적장의 콘크리트 관 안을 비췄다. 막다른 곳에 틀어박힌 녀석이 이를 드러내며 으르렁거렸다. 현경은 랜턴을 끄고 파카를 벗었다. 녀석과 한바탕 달리기를 한 뒤라 등이 축축했다.

한 대리의 말대로 녀석은 작업해 놓은 관에 들어가 나올 생각이 없었다. 현경이 브레이커로 쾅쾅쾅 두드려 대는 데도 깨갱거리기나 할 뿐 꼼짝달싹하지 않았다. 현경은 더 깊게 브레이커를 박아 넣었다. 땅이 파이며 관에 손상이 갔지만 개의치 않았다. 다 그 개미 새끼 일이니까. 녀석은 결국 견디다 못해 뛰쳐나왔다. 하지만 현경 쪽을 한번 쳐다보지도 않고 죽을 듯이 달아났다. 쩔그렁쩔그렁 줄에 달린 말뚝을 달고서. 선길이 일부러 살짝 빼놨던 그 말뚝이었다.

현경은 랜턴을 꺼내들고 뒤쫓아 뛰었다. 녀석이 산으로 뛰어들기라도 할까 봐(산에 들어가면 굶어죽거나 덫에 걸릴 터였다.) 랜턴 빛을 여기저기 쏘아대며 소리를 질러댔다. 다행히 녀석은 야적장으로 뛰어들었고 이렇게 빗물받이에 가로막힌 관 안에 틀어박혀 있었다. 문제는 이제 녀석을 어떻게 끌어내 데리고 갈 것인가였다. 중학생 때, 그것도 딱 저만한 개에게 크게 물린 적이 있었다. 그렇다고 사무소에서 수습 중인 한 대리를 이제 와 불러 올 수도 없는 노릇이었다. 현경은 난감한 한숨을 내쉬었다. 그러고 보면 무슨 생각으로 여기까지 온 걸까? 데리고 가서 키우기라도 하려고? 그제야 그 생각이 들었다. 이렇게 앞뒤 없으니 식당에도 쳐들어간 것이긴 하지만. 어쨌거나 왔으니 데리고 나가야 했다. 다음 결정은 그 다음에 할 일이었다.

현경은 관 속을 보면서 녀석을 부드러운 목소리로 불렀다. 가자, 나랑 가자. 착하지? 녀석은 전혀 그럴 마음이 없었다. 조금 전보다 더 으르렁거리며 파란 안광을 쏘아 댔다. 현경은 다시 난감한 한숨을 내쉬었다. 안으로 들어가는 수밖에 없었다. 여차하면, 아니 보나마나 물리게 될 터였다. 겁에 질려 잔뜩 흥분해 있는 녀석이었다. 원래 사람을 경계하는 성격인 데다 다른 녀석이 옆에서 초주검이 된 것을 보고 도망쳤으니 그럴 수밖에 없었고 그래서 자신도 어떻게든 데리고 나가고 싶은 것이었다. 할 수 없이 현경은 뒷주머니에 있던 여분의 장갑을 한 겹 더 꼈다. 상의를 벗고 파카를 입은 다음 왼팔에 벗은 옷을 둘둘 감았다. 녀석이 제발 이쪽을 물어 주길 바라며. 물론 안 물어 주면 더 고맙겠지만.

현경은 안으로 기어 갔다. 손으로 짚고 무릎으로 밀며 천천히, 녀석의 비위를 좀 맞춰 주려고 계속 부드러운 목소리로 말을 걸었다. 하지만 현경이 가까워질수록 녀석은 흰 송곳니를 드러내며 으르렁거렸고 급기야 짖어댔다. 관이 울려 골이 흔들리는 것 같았다. 그래도 현경은 조심스럽게 기어 들어갔다. 하지만 녀석은 더 거세게 짖어대며 당장 달려들 것처럼 아가리를 들이댔다. 현경은 멈춰 서서 숨을 몰아쉬었다. 몸이 떨렸다. 너무 무서워 정신이 나갈 것 같았다. 당장 돌아 나가고 싶었지만, 아니었다. 지금 나가면 다시 기어 들어올 마음이 들지 않을 터였다. 현경은 호흡을 가다듬으며 스스로 추슬렀다. 괜찮다고, 그때가 아니라고, 개한테 물린다고 팔이 없어지거나 죽는 것도 아니라고, 방비도 하지 않았냐고. 그럴수록 그때 자신을 물었던 그놈이 더 선명하게 눈앞에 떠올랐지만.

그 사이 녀석도 조금 잠잠해졌다. 현경은 다시 조금씩 조금씩 기어 들어갔다. 녀석에게 말을 걸었다. 사람이 다 널 어떻게 하려고 하진 않아. 한 대리 같은 사람도 있잖아? 나 같은 사람도 있고. 너도 알아야 돼. 사람이 다 그런 게 아니야. 다 그런 건 아무것도 없어. 그럴수록 너만 곤란해지는 거야, 너만. 현경은 더 들어갔고 이제 녀석은 코앞에 있었다. 더는 짖지도 않았다. 녀석은 절박하게 몸을 뒤틀고 사방의 벽을 긁어 댔다. 깨갱깨갱 울며 오줌을 지렸다. 현경은 다시 기다렸다. 밑으로 녀석의 오줌이 흘러 내려왔고 냄새가 지독했다. 현경은 겁이 나면서도 주체 못 하게 자신을 겁내는 녀석이 가여웠다. 어서 데리고 나가고 싶었다. 현경은 한 무릎씩, 한 무릎씩 기어 들어갔다. 녀석은 이제 잠잠했다. 더는 날뛰지도 오줌을 지리지도 않았다. 그리고 이제 됐다는 생각에 한 무릎 더 들어가 앞발을 움켜잡은 현경의 손을 주저없이 물었다.

미지근한 송곳 같은 이빨의 감촉이, 축축하게 장갑에 번지는 침인지 피인지가 고스란히 느껴졌다. 예전에 물렸던 통증이 되살아났다. 정신이 뽑혀 나가는 것 같고 몸이 미친 듯이 떨려 왔다. 아랫도리마저 아찔했다. 하지만 현경은 손을 놓지 않았다. 이를 악물어 비명을 참아 냈다. 녀석이 한 번 더 물었다. 부들부들 떨면서도 현경은 녀석의 앞발을 오히려 꽉 움켜쥐었다. 녀석이 다시 낑낑거렸다. 제발 놓아 달라는 듯, 살려 달라는 듯, 잡힌 앞발을 달달 떨었다. 현경은 놓지 않고 견뎠다. 낑낑거리던 녀석이 결국 체념한 듯 힘을 뺐다. 현경은 몸을 더 밀고 들어가 녀석을 품었다. 떨림이 조금씩 잦아들었다. 녀석의 것도, 자신의 것도. 현경은 녀석을 더 깊숙이 안았다. 떨고 있는 목덜미를 어루만졌다. 식당에서 몸부림치느라 털이 뽑히고 살갗이 벗겨져 있었다. 자신도 모르게 눈물이 뜨끈 배어 나왔다.

현경은 녀석을 안고 뒤로 기어 나갔다. 팔꿈치와 무릎으로, 조금씩 조금씩. 녀석은 반항하지 않았다. 불안한 듯 끙끙거리면서도 가만히 안겨 있었다. 밖으로 나온 현경은 녀석의 목걸이부터 풀어 줬다. 랜턴에 비춰 보니 상태가 더 안 좋았다. 병원에 데려가 봐야 할 것 같았다. 손의 물린 상처는 다행히 느꼈던 것보다 깊지 않았다. 처음 물린 곳은 옴폭 패었고 피도 솟았지만 근육이나 힘줄이 상한 것 같지는 않았다. 어렵지 않게 쥐고 펼 수 있었다. 두 번째 물린 곳은 자국만 난 정도였다. 어쨌거나 병원에 가 봐야 할 터였다. 녀석과 마찬가지로. 그런 것이었다. 녀석이나 자신이나 그저 살아 있을 뿐이었다. 어딘가는 다치고, 다치면 치료가 필요한, 살아 있음이란 그뿐이었다.

현경은 녀석의 앞다리를 어깨에 걸치고 엉덩이를 받쳐 일어섰다. 으, 소리가 나게 무거웠다. 굴착기가 서 있는 곳까지 걸어갈 생각을 하니 한숨이 후 터져 나왔다. 대체 어떻게 여기까지 뛰었을까. 게다가 개를 이렇게 안는 것도 이상했다. 평생 다시는 일어나지 않을 일이라고 생각했으니까. 이런 일도 생겼다, 살다 보면. 현경은 쇠줄이 달린 목걸이를 걷어찼다. 목걸이는 비탈을 굴러 아래로 사라졌다. 현경은 굴착기로 성큼성큼 걸어갔다. 젖은 솜이불처럼 무거운 녀석이 강아지처럼 낑낑거렸다.

현경의 굴착기가 눈발이 날리기 시작한 국도를 달렸다. 현경은 와이퍼를 작동시키며 라디오를 켰다. 교통방송 아나운서가 대설경보를 알렸고 이내 벚꽃잎 같은 함박눈이 펑펑 쏟아지기 시작했다. 금세 도로에 눈이 두둑히 쌓였지만 굴착기의 커다란 바퀴는 거침없이 굴러갔다. 녀석은 현경의 무릎에 얌전히 엎드려 있었다. 현경은 손수건 싸맨 손으로 녀석의 뱃가죽을 어루만졌다. 얇고 보드라운 살갗이 따스했다.

작가의 말

소설의 말미에서 현경이 개의 얇고 따스한 뱃가죽을 만질 때 떠올린 것은 연약함이었다. 우리는 모두 그같이 얇고 따스하게, 희망이라는 단어처럼 연약하게 살아 있다. 이 이야기는 한편으로 그 연약함과 희망을 어떻게 받아들이고 보전할 것인지에 대한 것이기도 하다. 연약함은 나약함에 불과한 것인지, 희망은 욕망에 그쳐야 하는지, 인간에게는 나약함과 욕망뿐인지.

지금의 이야기로 완성하기까지 많은 시간과 실패가 필요했다. 물심양면 응원해 준 친구들과 더할나위 없는 조언과 조력을 해 주신 편집자께 깊이 감사한다.

오늘의
젊은 작가
32

관리자들
이혁진 장편소설

1판 1쇄 찍음 2021년 8월 20일
1판 1쇄 펴냄 2021년 9월 3일

지은이   이혁진
발행인   박근섭·박상준
펴낸곳   (주)민음사

출판등록   1966. 5. 19. 제16-490호
주소   서울시 강남구 도산대로1길 62(신사동)
           강남출판문화센터 5층(06027)
대표전화   02-515-2000 | 팩시밀리 02-515-2007
홈페이지   www.minumsa.com

© 이혁진, 2021. Printed in Seoul, Korea

ISBN 978-89-374-7332-6 (04810)
ISBN 978-89-374-7300-5 (세트)

당신이 소장해야 할 한국문학의 새로움, 오늘의 젊은 작가 시리즈